Taschenbücher von ROBERT ASPRIN
im BASTEI LÜBBE-Programm:

20084 Ein Dämon auf Abwegen
20085 Ein Dämon kommt selten allein
20086 Ein Dämon macht noch keinen Sommer
20109 Dämonen-Futter

Robert Asprin

Ein Dämon mit beschränkter Haftung

Roman

BASTEI-LÜBBE-TASCHENBUCH
Fantasy

Band 20 110

Erste Auflage : August 1988
Zweite Auflage : Januar 1989

© Copyright 1985 by Robert L. Asprin
All rights reserved
Deutsche Lizenzausgabe 1988
Bastei-Verlag Gustav H. Lübbe GmbH & Co., Bergisch Gladbach
Originaltitel: Little Myth Marker
Ins Deutsche übertragen von Ralph Tegtmeier
Lektorat: Reinhard Rohn
Titelillustration: Greg Hildebrandt
Umschlaggestaltung: Quadro-Grafik, Bensberg
Satz: Fotosatz Schell, Bad Iburg
Druck und Verarbeitung:
Brodard & Taupin, La Flèche, Frankreich
Printed in France
ISBN 3-404-20110-8

Der Preis dieses Bandes versteht sich einschließlich
der gesetzlichen Mehrwertsteuer.

›*Man muß auch mal verlieren können.*‹

Verband der Börsenmakler

1

»GEHE MIT!«
»Erhöhe.«
»Erhöhe nochmals.«
»Wen willst du damit bluffen? Du hast doch elf zu nichts!«
»Versuch's doch!«
»Also gut! Erhöhe dein Limit.«
»Gehe mit.«
»Gehe mit.«
»Elf zu nichts knallt dein Limit zurück.«
»Passe.«
»Gehe mit.«

Für jene von Ihnen, die dieses Buch vorne anfangen (Seien Sie gesegnet! Ich hasse es, wenn Leser schummeln, indem sie vorblättern!), mag dies ein wenig verwirrend sein. Das Obige ist der Dialog bei einer Partie Drachenpoker. Es gilt als das kompliziertste Kartenspiel, das jemals erfunden wurde ... und hier im Bazar von Tauf sollte man es eigentlich wissen.

Der Bazar ist das größte Einkaufslabyrinth und Handelsplatz aller Dimensionen, weshalb hier natürlich haufenweise Dimensionsreisende (Dämonen) durchkommen. Außer den vielen Geschäften und Verkaufsständen und Restaurants (die der Ausdehnung und der Vielfalt des Bazars eigentlich nicht gerecht werden) lebt hier auch eine blühende Spielergemeinde. Die Spieler sind ständig auf der Suche nach neuen Spielen, vor allem nach solchen, bei denen es ums Wetten geht, und je komplizierter, um so besser. Die dem zugrundeliegende Philosophie lautet, daß sich ein kompliziertes Spiel leichter von Leuten gewinnen läßt, die ihre ganze Zeit seinem Studium widmen, als von den Touristen, die nur wenig Erfahrung damit haben oder das Spiel erst erlernen. Wenn mir jedenfalls ein Täuflerbuchmacher erzählt, daß Drachenpoker das komplizierteste aller Kartenspiele ist, bin ich geneigt, ihm das zu glauben.

»Passe.«

»Gehe mit.«

»Also gut, Mr. Skeeve der Raspler. Wollen doch mal sehen, ob du das hier übertrumpfen kannst! Volle Drachenhand!«

Mit einer ausholenden Gebärde, die schon an Herausforderung grenzte, deckte er seine Kellerkarten auf. Eigentlich hatte ich gehofft, daß er aussteigen würde. Dieses Individuum (ich glaube, der Bursche hieß Grunk) war glatte zwei Köpfe größer als ich und besaß glitzernde rote Augen, Fangzähne, die beinahe so lang waren wie mein Unterarm, und einen üblen Charakter. Er hatte die Angewohnheit, sich mit wütendem Gebrüll zu verständigen, und die Tatsache, daß er schon länger am Verlieren war, besänftigte ihn nicht im geringsten.

»Nun? Komm schon! Was hast du?«

Ich deckte meine vier Kellerkarten auf und legte sie neben die fünf bereits aufgedeckten, dann lehnte ich mich zurück und lächelte.

»Das ist alles?« sagte Grunk, streckte den Hals vor und musterte finster meine Karten. »Aber das ist doch nur ...«

»Einen Augenblick mal«, mischte sich der Spieler

zu seiner Linken ein. »Es ist Dienstag. Das macht seine Einhörner wild.«

»Aber es ist ein Monat mit einem ›M‹!« wandte ein anderer ein. »Deshalb hat sein Oger nur die halbe Punktzahl!«

»Schon, aber wir haben eine gerade Anzahl von Spielern ...«

Ich habe Ihnen ja gesagt, daß es ein kompliziertes Spiel ist. Jene von Ihnen, die mich von meinen früheren Abenteuern (unverschämter Angeber!) noch kennen, fragen sich vielleicht, wie ausgerechnet ich um alles in der Welt ein derartig komplexes System begreife. Die Antwort darauf ist ganz einfach: Ich begreife es gar nicht! Ich mache einfach nur meinen Einsatz, dann decke ich die Karten auf und lasse die anderen Spieler ausrechnen, wer gewonnen hat.

Vielleicht fragen Sie sich, was ich bei einer solchen Halsabschneiderpartie Drachenpoker zu suchen hatte, wenn ich doch noch nicht einmal die Regeln kannte. Nun, darauf weiß ich wirklich eine vernünftige Antwort. Ausnahmsweise vergnügte ich mich nämlich mal ganz allein.

Denn seit Don Bruce, der Gute Pate des Syndikats, mich angeheuert hatte, um die Interessen des Syndikats im Bazar wahrzunehmen, und seit ich mit meinen beiden mir zugeteilten Leibwächtern Guido und Nunzio zusammenlebte, hatte ich kaum jemals einen Augenblick für mich selbst. An diesem Wochenende jedoch waren die zwei Wachhunde fort, um der Zentrale des Syndikats ihren Jahresbericht abzuliefern, so daß ich mich schon um mich selbst kümmern mußte. Natürlich hatten sie mir das feierliche Versprechen abgerungen, vorsichtig zu sein, bevor sie gingen. Und ebenso natürlich zog ich sofort nach ihrem Verschwinden hinaus, um das genaue Gegenteil zu tun.

Ganz unabhängig von unserem Anteil an den Einnahmen des Syndikats im Bazar blühte und gedieh auch unser Magikgeschäft, so daß Geld kein Problem war. Aus der Bargeldkasse klaute ich ein paar tausend in Gold und wollte gerade auf Tour gehen, als ich die Einladung bekam, an einer der Drachenpokerpartien des Gieks in seinem Club teilzunehmen, im Gleiche Chancen.

Wie gesagt, weiß ich überhaupt nichts über Drachenpoker mit Ausnahme der Tatsache, daß man gegen Ende einer Runde fünf Karten mit dem Gesicht nach oben und vier Karten mit dem Gesicht nach unten hält. Jedesmal, wenn ich meinen Partner Aahz dazu bewegen wollte, mir mehr über dieses Spiel beizubringen, hatte er mir einen Vortrag darüber gehalten, daß man »nur Spiele spielen sollte, die man auch kennt« und daß ich »nicht auch noch Ausschau nach Ärger« halten solle. Da ich jedoch ohnehin schon nach Ärger Ausschau hielt, war die Möglichkeit, sowohl meinen beiden Leibwächtern als auch meinem Partner auf diese Weise eins auszuwischen, allzu verlockend. Ich meine, ich dachte mir, daß ich schlimmstenfalls ein paar tausend in Gold verlieren könnte, sonst nichts.

»Ihr habt alle eine Sache übersehen. Das ist jetzt die dreiundvierzigste Runde, und Skeeve sitzt auf seinem Stuhl mit dem Gesicht nach Norden!«

Ich nahm das Stöhnen und die Ausdrücke des Angewidertseins, die ich hier wohl besser nicht wiedergebe, als Hinweis und sackte den Topf ein.

»Hör mal, Giek«, sagte Grunk, und seine roten Augen glitzerten mich unter halbgesenkten Lidern an. »Bist du *sicher*, daß dieser Bursche Skeeve hier keine Magik verwendet?«

»Garantiert nicht«, erwiderte der Täufler, der

gerade die Karten einsammelte und für die nächste Runde mischte. »Alle Spiele hier im Gleiche Chancen, bei denen ich Gastgeber bin, werden auf Magik *und* Telepathie überwacht.«

»Na ja, normalerweise spiele ich ja mit Magikern nicht Karten, und ich habe gehört, daß Skeeve in dieser Hinsicht verdammt gut sein soll. Vielleicht ist er ja so gut, daß du ihm einfach nicht auf die Schliche kommst.«

Langsam wurde ich ein bißchen nervös. Ich meine, ich benutze doch gar keine Magik ... und selbst wenn ich es getan hätte, hätte ich immer noch nicht gewußt, wie ich ein Kartenspiel manipulieren sollte. Das Problem bestand darin, daß Grunk so aussah, als wäre er durchaus dazu in der Lage, mir die Arme abzureißen, wenn er zu dem Glauben gelangen sollte, daß ich betrog. Ich zermarterte mir mein Gehirn darüber, wie ich ihn irgendwie vom Gegenteil überzeugen konnte, ohne zugleich allen am Tisch zu offenbaren, wie wenig ich eigentlich von Magik verstand.

»Immer mit der Ruhe, Grunk. Skeeve ist ein guter Spieler, das ist alles. Nur weil er gewinnt, heißt das noch lange nicht, daß er betrügt.« Pidge versuchte mir beizustehen. Er war der einzige Spieler außer mir, der ebenfalls von menschlicher Herkunft war. Ich warf ihm ein dankbares Lächeln zu.

»Ich habe nichts dagegen, wenn jemand gewinnt«, verteidigte Grunk sich murrend, »aber der Kerl gewinnt schon die ganze Nacht.«

»Ich habe um einiges mehr verloren als du«, warf Pidge ein, »und jammere auch nicht. Ich sage es dir, Skeeve ist einfach *gut*. Ich habe schon mit dem Kind gespielt, ich sollte es wohl wissen.«

»Mit dem Kind? Gegen den hast du gespielt?« Grunk war sichtlich beeindruckt.

»Ja, und er hat mir die Hosen ausgezogen«, gab Pidge schiefmäulig zu. »Ich würde allerdings sagen, daß Skeeve gut genug wäre, um ihm eine Menge Spaß für sein Geld zu bieten.«

»Meine Herren? Sind wir hier, um uns zu unterhalten oder um Karten zu spielen?« unterbrach der Giek und klopfte dabei vielsagend auf das Spiel.

»Ich höre auf«, sagte Pidge und erhob sich. »Ich weiß schon, wenn die anderen eine Nummer zu groß für mich sind — auch wenn ich erst am Boden liegen muß, bevor ich es zugebe. Steht mein Kredit noch bei dir, Giek?«

»Bei mir schon, wenn niemand ewas dagegen einwendet.«

Grunk ließ die Faust auf den Tisch krachen, worauf einige meiner Chipsstapel umfielen.

»Was für ein Kredit?« wollte er wissen. »Ich dachte, das hier wäre ein reines Bargeldspiel! Niemand hat etwas von Wechseln gesagt.«

»Pidge ist eine Ausnahme«, erklärte der Giek. »Er hat seine Spielschulden bisher immer beglichen. Außerdem brauchst du dir da gar keine Sorgen zu machen, Grunk. Du kriegst doch nicht einmal dein *eigenes* Geld mehr zurück.«

»Schon. Aber ich habe es beim Spiel gegen jemanden verloren, der Wechsel setzt anstatt Bargeld. Ich finde ...«

»Ich werde für seine Schuld haften«, sagte ich großspurig. »Damit ist es eine Sache zwischen ihm und mir, es ist also kein anderer am Tisch beteiligt. In Ordnung, Giek?«

»In Ordnung. Und nun halt den Mund und spiele, Grunk. Oder sollen wir dich ausschließen?«

Das Monster knurrte ein wenig halblaut vor sich hin, lehnte sich aber schließlich zurück und warf einen weiteren Chip auf den Tisch, um an der nächsten Partie teilzunehmen.

»Danke, Mr. Skeeve«, sagte Pidge. »Und machen Sie sich keine Sorgen. Wie der Giek schon sagt, ich zahle meine Schulden immer zurück.«

Ich zwinkerte ihm zu und winkte vage, bereits mitten in der nächsten Runde und vergeblich damit beschäftigt, die Regeln des Spiels zu begreifen.

Wenn meine großspurige Geste vielleicht ein wenig impulsiv erscheinen mag, so sollte man doch nicht vergessen, daß ich ihm die ganze Nacht beim Spielen zugesehen und genau wußte, wieviel er verloren hatte. Selbst wenn alles nur Wechsel ohne reale Gegenleistung gewesen wären, hätte ich sie doch mühelos aus meinem Gewinn bestreiten und dennoch einen Profit davontragen können.

Grunk hatte nämlich recht. Ich hatte tatsächlich schon die ganze Nacht über beständig gewonnen, was angesichts meiner Unwissenheit um das Spiel um so überraschender war. Allerdings war ich schon ziemlich früh auf ein System gekommen, das sehr gut zu funktionieren schien: Ich hatte auf die Spieler gesetzt und nicht auf die Karten. Bei meiner letzten Hand hatte ich nicht darauf gesetzt, daß ich die besseren Karten hatte, sondern vielmehr darauf, daß Grunk die schlechteren besaß. Die ganze Nacht über war er vom Unglück verfolgt gewesen und setzte wie wild, um seine Verluste wieder auszugleichen.

Meinem System folgend, stieg ich die nächsten beiden Runden aus, um dafür bei der dritten hart zuzuschlagen. Die meisten anderen Spieler gaben lieber auf, als meine Urteilskraft in Frage zu stellen. Grunk hielt bis zum bitteren Ende in der Hoffnung durch, daß ich bluffte. Es stellte sich heraus, daß dem auch so war (ich hatte kein besonders starkes Blatt), daß sein Blatt aber dafür noch schwächer war. Wieder purzelte ein Stapel Chips zu meinem Schatz.

»Das reicht mir«, sagte Grunk und schob dem Giek seine verbliebenen Chips zu. »Zahl mich aus.«

»Mich auch.«

»Hätte schon vor einer Stunde gehen sollen. Dann hätte ich mir ein paar hundert schenken können.«

Als die Spielrunde sich auflöste, war der Giek plötzlich damit beschäftigt, Chips wieder in Bargeld umzutauschen.

Nachdem er seinen Anteil an der Bank erhalten hatte, blieb Grunk noch ein paar Minuten da. Jetzt, da wir keine Spielgegner mehr waren, wirkte er überraschend freundlich.

»Weißt du, Skeeve«, sagte er und schlug mir eine schwere Hand auf die Schulter, »ist schon sehr lange her, daß ich beim Drachenpoker so schlimm ausgenommen wurde. Vielleicht hatte Pidge recht. Das hier ist doch wirklich unter Niveau für dich. Du solltest mal eine Partie mit dem Kind riskieren.«

»Ich habe nur Glück gehabt.«

»Nein, ich meine es ernst. Wenn ich wüßte, wo ich ihn erreichen kann, würde ich das Spiel sogar selbst organisieren.«

»Das darfst du gar nicht«, warf einer der anderen Spieler ein, der gerade zur Tür ging. »Sobald sich diese Partie hier herumgesprochen hat, wird das Kind dich schon von allein aufsuchen.«

»Allerdings«, lachte Grunk, über die Schulter gewandt. »Wirklich, Skeeve. Wenn es zu dieser Begegnung kommen sollte, dann vergiß nicht, mich zu benachrichtigen. Das ist ein Spiel, bei dem ich wirklich gerne zusehen würde.«

»Klar doch, Grunk«, sagte ich. »Du sollst es als einer der ersten erfahren. Bis später.«

Tatsächlich arbeitete mein Gehirn auf Hochtouren, während ich mich verabschiedete. Die Geschichte geriet langsam außer Kontrolle. Ich hatte es lediglich auf eine wilde Nacht abgesehen gehabt, um die Sache danach für beendet zu erklären, ohne daß jemand davon erfuhr. Wenn die anderen Spieler jetzt jedoch anfangen sollten, im ganzen Bazar die Geschichte herumzuplappern, dann bestand keinerlei Hoffnung, daß ich mein abendliches Abenteuer geheimhalten konnte ... schon gar nicht vor Aahz! Das einzige, was noch schlimmer sein könnte, wäre, daß irgendein wildgewordener Spieler hinter mir herjagte, um Revanche zu fordern.

»Sag mal, Giek«, sagte ich und versuchte, möglichst uninteressiert zu klingen. »Wer ist denn dieses ›Kind‹, von dem ihr alle ständig redet?«

Beinahe wäre dem Täufler die Säule Chips aus der Hand gefallen, die er gerade zählte. Er starrte mich lange an, dann zuckte er die Achseln.

»Weißt du, Skeeve, manchmal weiß ich nicht, ob du mich veralberst oder ob du es ernst meinst. Ich vergesse ständig, daß du trotz deines Erfolges ja immer noch neu im Bazar bist ... und ganz besonders im Glücksspiel.«

»Klasse. Wer ist das ›Kind‹?«

»Das Kind ist gegenwärtig der König der Drachenpokerszene. Sein Markenzeichen besteht darin, daß er bei jedem Eröffnungseinsatz ein Pfefferminzbonbon mitsetzt ... behauptet, es würde ihm Glück bringen. Deshalb nennt man ihn auch das ›Pfefferminz-Kind‹. Ich rate dir allerdings, dich von ihm fernzuhalten. Heute abend hattest du zwar eine Glückssträhne, aber das Kind ist der beste Spieler, den es gibt. In einem Spiel von Mann zu Mann zieht er dir glatt das Fell über die Ohren.«

»Das habe ich auch gehört.« Ich lachte. »War bloß neugierig. Wirklich. Sag mir, was ich dir noch schulde, dann gehe ich.«

Der Giek zeigte auf die Münzstapel auf dem Tisch.

»Was du mir noch schuldig bist?« fragte er. »Als ich die anderen ausgezahlt habe, habe ich meinen Anteil auch schon genommen. Der Rest gehört dir.«

Ich sah das Geld an und mußte schwer schlucken. Zum ersten Mal konnte ich verstehen, weshalb manche Leute auf das Glücksspiel so versessen waren. Auf dem Tisch lasteten glatte Zwanzigtausend in Gold. Alles gehörte nun mir. In einer einzigen Nacht beim Kartenspiel gewonnen!

»Äh ... Giek? Könntest du vielleicht meinen Gewinn für mich aufbewahren? Ich bin nicht sonderlich wild darauf, mit soviel Gold am Leib durch die Gegend zu spazieren. Ich kann ja später noch mit meinen Leibwächtern kommen, um es zu holen.«

»Wie du willst«, meinte der Giek achselzuckend. »Allerdings kann ich mir kaum vorstellen, daß irgend jemand im Bazar den Nerv hätte, dich zu überfallen, nicht bei deinem Ruhm. Aber trotzdem, du könntest ja auf einen Fremden stoßen ...«

»Prima«, sagte ich und schritt auf die Tür zu. »Dann werde ich mich mal ...«

»Einen Augenblick! Hast du da nicht etwas vergessen?«

»Was denn?«

»Pidges Pfand. Warte einen Augenblick, ich hole es.«

Er verschwand, bevor ich protestieren konnte, also lehnte ich mich gegen die Wand, um zu warten. Ich hatte das Pfand schon ganz vergessen, doch der Giek war ein Spieler und gehorchte den ungeschriebenen Gesetzen des Spiels weitaus genauer, als die meisten Leute dem Zivilrecht. Ich würde ihm einfach den Gefallen tun müssen und ...

»Hier ist das Pfand, Skeeve«, verkündete der Täufler. »Markie, das ist Skeeve.«

Ich starrte ihn einfach nur fassungslos an, es hatte mir die Sprache verschlagen. Genaugenommen blickte ich auf das kleine, blondschopfige Gör, das er an der Hand führte. Ein Mädchen. Höchstens neun oder zehn Jahre alt.

Ich spürte eine mir nur allzu vertraute Flauheit im Magen, die bedeutete, daß ich in Schwierigkeiten steckte...

›Kinder? Wer hat was von Kindern gesagt?‹

Conan

2

Das kleine Mädchen blickte mich aus Augen an, die von Vertrauen und Liebe nur so glühten. Sie reichte mir kaum bis zur Hüfte und hatte jenes gesunde, kräftige Strahlen an sich, das junge Mädchen eigentlich alle haben sollten, das sie aber nur selten wirklich aufweisen. Mit ihrer kleinen Kappe und dem dazu passenden Pullover sah sie so sehr wie eine übergroße Puppe aus, daß ich mich schon fragte, ob sie wohl »Mama« sagen würde, wenn man sie erst auf den Kopf stellte und dann wieder aufrichtete.

Sie war so unglaublich süß, daß jeder, der auch nur die Spur eines väterlichen Instinkts besaß, sich auf Anhieb in sie verlieben mußte. Glücklicherweise hatte mein Partner mich gut ausgebildet; alle Instinkte, die ich hatte, waren ziemlich materiell ausgerichtet, sprich: auf Geldangelegenheit fixiert.

»Was ist das denn?« wollte ich wissen.

»Das ist ein kleines Mädchen«, erwiderte der Giek. »Hast du denn noch nie eins gesehen?«

Einen Augenblick lang glaubte ich, er wolle sich mit mir einen Scherz erlauben. Doch dann erinnerte ich mich an einige meiner frühesten Gespräche mit Aahz und beherrschte meinen Zorn.

»Ich sehe, daß das ein kleines Mädchen ist, Giek«, sagte ich bedächtig. »Was ich damit eigentlich wirklich fragen wollte ist: a) wer ist sie? b) was hat sie hier zu suchen? und c) was hat das hier mit Pidges Pfand zu tun? Hab ich mich klar genug ausgedrückt?«

Der Täufler blinzelte verwirrt.

»Aber ich habe es dir doch gerade erklärt. Ihr Name ist Markie. Sie ist Pidges Pfand ... du weißt doch, der, von dem du gesagt hast, daß du ihn persönlich übernehmen würdest?«

Mein Magen begann sich vor Entsetzen herumzudrehen.

»Giek, wir haben eigentlich über ein Stück Papier geredet. Du weißt doch, ›Wechsel‹ und so weiter? Ein Pfand! Wer läßt denn ein kleines Mädchen als Pfand zurück?«

»Pidge. Hat er immer getan. Komm schon, Skeeve. Du kennst mich doch. Würde ich irgend jemandem Kredit auf ein Stück Papier gewähren? Ich gebe Pidge Kredit auf Markie, weil ich weiß, daß er zurückkommen wird, um sie wieder auszulösen.«

»Richtig. *Du* gibst ihm Kredit. Ich handle nicht mit kleinen Mädchen, Giek.«

»Doch, jetzt schon«, lächelte er. »Alle am Tisch haben gehört, wie du es gesagt hast. Ich gebe zu, daß ich selbst auch ein wenig erstaunt war ...«

»... aber nicht erstaunt genug, um mich zu warnen, was ich da gerade kaufte. Vielen Dank, Giek, alter Freund. Ich werde versuchen, mich daran zu erinnern, dir den Gefallen eines Tages zurückzuzahlen.«

Falls es Ihnen noch nicht aufgefallen sein sollte: Letzteres war eine offene Drohung. Wie bereits bemerkt wurde, hatte ich im Bazar schon einen ganz hübschen Ruf als Magiker, und ich glaubte eigentlich nicht, daß der Giek mich allzu gern zum Feind haben wollte.

Sicher, es war ein ziemlich mieser Trick, aber ich wurde langsam verzweifelt.

»Hoppla! Ganz langsam«, sagte der Täufler schnell. »Kein Grund sich aufzuregen. Wenn du sie nicht haben willst, dann gebe ich dir Bargeld, um das Pfand auszulösen, und behalte sie selbst ...«

»Schon besser.«

»... zu den üblichen Bedingungen, natürlich.«

Ich wußte, daß ich gerade reingelegt wurde. Wirklich, ich *wußte* es. Aber ich mußte trotzdem fragen.

»Zu welchen Bedingungen?«

»Wenn Pidge sie nicht in zwei Wochen wieder einlöst, dann verkaufe ich sie als Sklavin, und zwar zu einem Preis, der die Verluste ihres Vaters abdeckt.«

Schach und matt.

Ich musterte Markie. Sie hielt noch immer die Hand des Gieks fest und hörte ernst zu, während wir über ihr Schicksal stritten. Als sich unsere Blicke trafen, sprach sie die ersten Worte seit Betreten des Raums.

»Wirst du mein neuer Papi sein?«

Ich schluckte schwer.

»Nein, ich bin nicht dein Papi, Markie. Ich bin nur ...«

»Ach, ich weiß schon. Es ist ja nur, daß mein *richtiger* Papi jedesmal, wenn er mich bei jemandem läßt, sagt, daß der für eine Weile so tun würde, als wäre er mein Papi. Ich soll auf ihn hören und tun, was er sagt, als wäre er mein richtiger Papi, bis mein richtiger Papi kommt, um mich zu holen. Ich wollte nur wissen, ob du jetzt so tun wirst, als wärst du mein Papi?«

»Ääääh ...«

»Ich hoffe es. Du bist nett. Nicht wie manche von den Kerlen, bei denen er mich schon zurückgelassen hat. Wirst du mein neuer Papi sein?«

Mit diesen Worten griff sie nach meiner Hand. Ein leises Prickeln durchlief mich wie ein Herbstschauer. Sie war so verletzlich, so vertrauensselig. Ich war sehr lange allein gewesen, erst ohne alle Partner, dann als Lehrling bei Garkin und schließlich Bundesgenosse von Aahz. Die ganze Zeit hatte ich niemals wirkliche Verantwortung für einen anderen tragen müssen. Es war ein komisches Gefühl, schreckenerregend und wärmend zugleich.

Ich riß den Blick von ihr und funkelte wieder den Giek böse an.

»Die Sklaverei ist hier im Bazar verboten.«

Der Täufler zuckte die Schultern. »Es gibt auch noch andere Dimensionen. Tatsächlich habe ich schon seit einigen Jahren ein gutes Angebot für sie. Deshalb bin ich ja auch immer bereit, sie in Zahlung zu nehmen. Ich könnte damit genug einnehmen, um die Spielschuld abzulösen und das Essen, das sie im Laufe der Jahre verbraucht hat, und es bliebe immer noch ein ordentlicher Gewinn übrig.«

»Das ist so ziemlich das Niederträchtigste ...«

»He! Ich heiße ›Giek‹ und nicht ›Rotes Kreuz‹! Ich bin doch nicht die Wohlfahrt. Die Leute kommen zu mir, um zu wetten und zu spielen, und nicht, damit ich ihnen was umsonst gebe.«

Seit ich mit der Magik begonnen hatte, hatte ich nie mehr jemanden verprügelt, doch jetzt geriet ich schwer in Versuchung, diesen Rekord wenigstens dieses eine Mal zu brechen. Statt dessen wandte ich mich jedoch an das kleine Mädchen.

»Hol deine Sachen, Markie. Papi bringt dich zu deinem neuen Zuhause.«

Mein Partner und ich hatten im Augenblick unser Basislager im Bazar von Tauf, der Heimatdimension der Täufler. Täufler sind angeblich die gewitztesten Kaufleute, Händler und Feilscher aller bekannter Dimensionen. Möglicherweise haben Sie von ihnen in Ihrer eigenen Heimatdimension in verschiedenen Märchen gehört. Ihr Ruf lebt sogar noch in jenen Dimensionen weiter, in denen sie schon seit langem keinen Handel mehr treiben.

Der Bazar ist das Prunkstück von Tauf. Tatsächlich habe ich noch nie einen Teil von Tauf gesehen, der nicht zum Bazar gehört hätte. Hier treffen sich die Täufler, um miteinander Handel zu treiben, die ausgesuchtesten Magiken und Wunder aus allen Dimensionen zu kaufen und zu verkaufen. Das ist eine Rund-um-die-Uhr-Angelegenheit, über den ganzen Horizont ausgedehnt, von Zelten, Geschäften und ausgebreiteten Ausstelldecken, wo Sie alles kaufen können, was Ihre Vorstellungskraft Ihnen eingibt, sowie einen Haufen Dinge, von denen Sie nicht einmal im Traum geglaubt hätten, daß sie existieren ... natürlich zum entsprechenden Preis. Viele Erfinder und Religionsführer haben ihre ganze Karriere auf Gegenständen aufgebaut, die sie bei einer einzigen Reise zum Bazar erstanden hatten. Es bedarf wohl keiner gesonderten Erwähnung, daß der Bazar dem durchschnittlichen Budget den Todesstoß verpaßt ... selbst wenn sein Besitzer eine überdurchschnittliche Unempfindlichkeit gegenüber Kaufgelüsten besitzt.

Normalerweise genieße ich es, durch die Stände zu schlendern, doch heute abend, mit Markie an meiner Seite, war ich allzu sehr abgelenkt, um mich auf die ausgestellten Waren konzentrieren zu können. Mir fiel ein, daß der Bazar zwar für Erwachsene eine Menge Spaß bot, daß er aber kein Ort war, um dort ein Kind aufzuziehen.

»Wohnen wir allein oder hast du eine Freundin?«

Markie hielt sich an meiner Hand fest, während wir durch den Bazar schritten. Die Wunder der Stände und Läden, die Magik verkauften, umgaben uns, doch sie bemerkte sie nicht und begann statt dessen, mich mit Fragen zu bombardieren und an meinen Lippen zu hängen.

»Nein, und zwar was beide Fragen angeht. Tanda wohnt mit mir zusammen, aber sie ist nicht meine Freundin. Sie ist eine selbständige Mörderin, die mir gelegentlich bei bestimmten Aufgaben aushilft. Und dann ist da noch Chumly, ihr Bruder. Das ist ein Troll, der unter dem Namen Krach arbeitet. Sie werden dir gefallen. Sie sind nett ... In mancherlei Hinsicht sind sie viel netter als ich.«

Markie kaute auf ihrer Lippe herum und runzelte die Stirn. »Ich hoffe, du hast recht. Ich habe festgestellt, daß ganz viele nette Leute keine kleinen Kinder mögen.«

»Keine Bange«, sagte ich mit größerer Zuversicht, als ich eigentlich empfand. »Aber ich bin noch nicht fertig. Da sind nämlich auch noch Guido und Nunzio, meine Leibwächter. Die mögen vielleicht manchmal ein bißchen knurrig wirken, aber laß dich nicht von ihnen einschüchtern. Die tun nur so zäh, weil es zu ihrem Job gehört.«

»Ooooh! Ich habe noch nie einen Papi gehabt, der Leibwächter besaß.«

»Das ist noch nicht alles. Wir haben noch Butterblume, das ist ein Schlachteneinhorn, und Gliep, mein eigener Hausdrache.«

»Och, Drachen haben viele Leute. Die Leibwächter finde ich schon beeindruckender.«

Ihre Antwort schockierte mich ein bißchen. Ich hatte immer gedacht, daß es etwas ziemlich Einzigartiges sei, einen Drachen zu besitzen. Ich meine, ich kannte ja sonst niemanden, der einen Drachen hatte. Andererseits kannte ich auch niemanden, der von Leibwächtern beschützt wurde.

»Mal sehen«, sagte Markie gerade. »Da ist also Tanda, Chumly, Guido, Nunzio, Butterblume und Gliep. Sind das alle?«

»Na ja, da ist auch noch Massha. Sie ist mein Lehrling.«

»Massha. Das ist ein hübscher Name.«

Nun kann man meinen Lehrling zwar mit vielerlei Ausdrücken beschreiben, doch das Wort »hübsch« gehört leider nicht dazu. Massha ist riesig, sowohl in der Länge als auch in der Breite. Es gibt hochgewachsene Leute, denen es immer noch gelingt, attraktiv auszusehen, aber mein Lehrling gehört nicht zu ihnen. Sie neigt dazu, sich Kleidung in Farben umzuhängen, die grundsätzlich mit ihrem grellorangefarbenem Haar in himmelschreiendem Kontrast stehen. Außerdem trägt sie genug Schmuck am Leib, um damit drei Juweliergeschäfte auszurüsten. Tatsächlich war sie neulich im Bazar beinahe in eine Prügelei verwickelt worden, weil ein kurzsichtiger Kunde sie mit einem Ausstellungszelt verwechselt hatte.

»Aaahh ... die mußt du einfach kennenlernen. Aber du hast recht. Massha ist ein hübscher Name.«

»He, bei dir wohnen aber viele Leute.«

»Nun ... äh ... da ist noch jemand.«

»Wer denn?«

»Er heißt Aahz. Das ist mein Partner.«

»Ist der auch nett?«

Ich war hin- und hergerissen zwischen Loyalität und Ehrlichkeit.

»Er ... äh ... man muß sich an ihn gewöhnen. Weißt du noch, wie ich dir gerade gesagt habe, du sollst dich nicht vor meinen Leibwächtern fürchten, auch wenn sie manchmal ein bißchen knurrig sind?«

»Ja.«

»Nun, es ist schon richtig, sich vor Aahz zu fürchten. Gelegentlich regt er sich ein bißchen auf, und bis er sich dann wieder abgekühlt hat, ist es besser, ihm möglichst viel Spielraum zu lassen und nichts Zerbrechliches — wie deinen Arm zum Beispiel — in seiner Reichweite aufzubewahren.«

»Worüber regt er sich denn auf?«

»Och, über das Wetter, über Geldverluste, darüber, daß man kein Geld macht ... was für ihn dasselbe ist, wie Geld zu verlieren, über Hunderte von Sachen, die ich sage ... und über dich! Ich fürchte, er wird sich ein bißchen aufregen, wenn er dich kennenlernt, also bleib hinter mir, bis ich ihn beruhigt habe. In Ordnung?«

»Warum soll er sich über mich aufregen?«

»Du wirst eine Überraschung für ihn sein, und er mag keine Überraschungen. Weißt du, er ist nämlich sehr mißtrauisch und glaubt immer, daß Überraschungen irgendeine Verschwörung gegen ihn bedeuten ... oder gegen mich.«

Markie verfiel in Schweigen. Ihre Stirn runzelte sich, als sie ins Nichts hinausstarrte, und mir fiel auf, daß ich gerade im Begriff war, ihr Angst zu machen.

»He, mach dir mal keine Sorgen«, sagte ich und drückte ihre Hand. »Aahz wird schon wieder in Ordnung sein, wenn er die Überraschung erst einmal verkraftet hat. Und jetzt erzähl mir von dir. Gehst du denn zur Schule?«

»Ja. Ich habe die Elementalschule schon halb hinter mir. Ich wäre schon weiter, wenn wir nicht soviel umziehen würden.«

»Meinst du nicht eher die Elementarschule?« Ich lächelte.

»Nein. Ich meine ...«

»Hoppla, da sind wir schon. Das ist dein neues Zuhause, Markie.«

Großspurig zeigte ich auf das kleine Zelt, das sowohl unser Zuhause als auch unser Hauptquartier war.

»Ist es nicht ein bißchen klein für diese ganzen vielen Leute?« fragte sie mit gefurchter Stirn und starrte dabei das Zelt an.

»Drinnen ist es größer als draußen«, erklärte ich. »Komm schon, ich zeige es dir.«

Ich hob die Eingangsplane und wünschte mir sofort, daß ich es besser nicht getan hätte.

»Wartet nur, bis ich ihn zwischen die Finger kriege!« ertönte Aahz' dröhnende Stimme aus dem

23

Zeltinneren. »Wie oft habe ich ihm doch gesagt, er soll die Finger vom Drachenpoker lassen!«

Mir kam der Gedanke, daß es vielleicht besser wäre, wenn wir erst noch eine Weile warteten, bevor ich Markie meinem Partner vorstellte. Gerade wollte ich das Zelttuch wieder herablassen, als ich merken mußte, daß es zu spät war.

»Bist du das, Partner? Ich würde mich gerne mal mit dir ein bißchen unterhalten, wenn du nichts dagegen hast!«

»Vergiß nicht: Halt dich immer hinter mir«, flüsterte ich Markie zu, dann begab ich mich in die Höhle des Löwen.

>*Ihr wollt nur unser Bestes,
aber das bekommt ihr nicht.*<

Kinder dieser Welt

3

Wie ich Markie schon erzählt hatte, war unser Heim im Bazar innen größer als außen ... und zwar sehr viel größer! Ich bin schon in kleineren Palästen gewesen ... Ach was, ich habe schon in kleineren Palästen als unserem gegenwärtigen Zuhause gelebt und gearbeitet. Zum Beispiel, als ich Hofmagier in Possiltum war, um genau zu sein.

Die Täufler hier im Bazar glauben, daß jede Zurschaustellung von Reichtum ihre Position schwächt, wenn sie über die Preise feilschen, deshalb verschleiern sie die Größe ihrer Heime, indem sie sie in »nichtkartographierte Dimensionen« hinüberzerren. Obwohl unser Zuhause draußen, von der Straße aus, nur wie ein ganz bescheidenes Zelt aussah, umfaßte es mehrere Schlafzimmer, Stallungen, einen Hof, einen Garten und so weiter. Sie verstehen schon.

Leider gehörte im Augenblick auch mein Partner Aahz dazu.

»Na, als wenn der Bazar keine Antwort auf Krieg, Hungersnot, Tod und Pestilenz hätte! Andere Dimensionen haben die vier apokalyptischen Reiter, aber der Bazar von Tauf hat den Großen Skeeve!«

Erinnern Sie sich an meinen Partner Aahz? Ich habe ihn in Kapitel 1 und danach noch einmal in Kapitel 2 erwähnt. Die meisten meiner Bemühungen, ihn zu beschreiben, scheitern darin, die Leute auf eine wirkliche Begegnung mit ihm vorzubereiten. Was ich nämlich meistens vergesse zu erwähnen, ist die Tatsache, daß er aus der Dimension Perv stammt. Jenen von Ihnen, die mit Dimensionsreisen unvertraut sein sollten, sei gesagt, daß dies bedeutet, er ist grün und schuppig und hat einen Mund, der auch drei anderen Wesen zusammen genügen würde, und hinreichend Zähne, um einen Schwarm Haie neidisch zu machen, vorausgesetzt, daß Haifischzähne jemals vier Zoll lang werden sollten. Ich lasse diese Dinge bei meinen Beschreibungen nicht absichtlich aus. Es ist nur, daß ich mich in all diesen Jahren langsam an ihn gewöhnt habe.

»Hast du irgend etwas zu deiner Entschuldigung zu sagen? Merke, nicht als ob es dafür irgendeine Entschuldigung geben könnte! Es ist nur so, daß der Brauch dir üblicherweise noch ein paar letzte Worte gewährt.«

Na ja ... ich habe mich schon *fast* an ihn gewöhnt.

»Hallo, Aahz. Hast du schon von dem Kartenspiel gehört?«

»Vor ungefähr zwei Stunden«, warf Massha von einem nahestehenden Sessel aus ein, in dem sie sich mit einem Buch und einer riesigen Schachtel Pralinen verschanzt hatte. »Seitdem ist er in dieser blendenden Stimmung.«

»Ich sehe schon, du hast mal wieder prächtige Arbeit darin geleistet, ihn zu besänftigen.«

»Ich bin doch nur ein Lehrling«, sagte sie achselzuckend. »Mich in einen Streit zwischen euch zu stellen, gehört nicht zu meinem Spielplan für ein langes und gedeihliches Leben.«

»Wenn ihr beiden *ganz* fertig seid«, knurrte Aahz, »möchte ich gerne mal hören, was du zu deiner Entschuldigung vorzubringen hast.«

»Was soll ich sagen? Ich habe da bei einer Partie Drachenpoker gesessen ...«

»WER HAT DIR BEIGEBRACHT, DRACHENPOKER ZU SPIELEN? War es Tanda? Chumly? Wieso nimmst du plötzlich bei anderen Leuten Nachhilfestunden? Bin ich dem Großen Skeeve plötzlich nicht mehr gut genug?«

Allmählich dämmerte mir, in welcher Lage ich mich tatsächlich befand. Aahz war mein Lehrer gewesen, bevor er darauf bestanden hatte, mich zu seinem gleichberechtigten Partner zu befördern. Und obwohl wir nun theoretisch gleichgestellt waren, lassen sich alte Angewohnheiten doch nur schwer ausrotten, und so hielt er sich immer noch für meinen ausschließlichen Lehrer, Mentor, Trainer, zuständig auch für jedwede Piesackerei. Das *eigentliche* Problem bestand also darin, daß mein Partner eifersüchtig darauf war, irgendein anderer könnte sich möglicherweise an jemanden herangemacht haben, den er für seinen Privatschüler hielt! Vielleicht ließ sich dieses Problem doch leichter lösen, als ich geglaubt hatte.

»Niemand hat mir was beigebracht, Aahz. Alles, was ich übers Drachenpoker weiß, habe ich von dir gelernt.«

»Aber ich habe dir doch gar nichts beigebracht!«

»Genau.«

Das ließ ihn innehalten. Zumindest hörte er mit dem Herumstampfen auf, um mich mit seinen gelben Augen mißtrauisch anzublicken.

»Soll das heißen, daß du nichts vom Drachenpoker verstehst?«

»Na ja, aus deinen Gesprächen weiß ich, wie viele Karten man kriegt und so ein Zeug. Ich habe immer noch nicht begriffen, was für verschiedene Blätter es gibt, und schon gar nicht ihre Reihenfolge ... du weißt schon, was was sticht.«

»*Ich* weiß«, sagte mein Partner pointiert. »Was ich aber nicht weiß, ist, warum *du* dich dazu entschlossen hast, an einem Spiel teilzunehmen, von dem du keinerlei Ahnung hast.«

»Der Giek hat mir eine Einladung geschickt, und da dachte ich, ich müßte höflich sein ...«

»Der Giek? Du hast bei einem Spiel des Gieks im Gleiche Chancen mitgemacht, um höflich zu sein?« Jetzt kam er wieder in Fahrt. »Weißt du etwa nicht, daß die dort gespielten Partien zu den halsabschneiderischsten im ganzen Bazar gehören? An diesen Spieltischen frißt man doch die Anfänger zum Frühstück. Und da bist du hingegangen, um *höflich* zu sein?«

»Na klar. Ich dachte mir, daß ich schlimmstenfalls ein bißchen Geld verlieren könnte. So, wie die Sachen stehen, können wir uns das leisten. Und außerdem, wer weiß, vielleicht würde ich ja Glück haben, dachte ich mir.«

»Glück? Jetzt weiß ich, daß du wirklich keine Ahnung vom Drachenpoker hast. Das ist ein Geschicklichkeits- und kein Glücksspiel. Du konntest lediglich dein Geld wegschmeißen ... Geld, für das wir beide unser Leben riskiert haben, wie ich wohl hinzufügen darf.«

»Ja, Aahz.«

»Und außerdem gehört es zu den ersten Dingen, die man über Poker jeder Art lernt, daß der sicherste Weg, um zu verlieren, darin besteht, in der Erwartung anzufangen, man würde verlieren.«

»Ja, Aahz.«

Aus reiner Verzweiflung zog ich mich hinter meine stärkste Verteidigungslinie zurück. Ich willigte in alles ein, was er sagte. Sogar Aahz hat Schwierigkeiten, wütend auf jemanden zu bleiben, der ihm zustimmt.

»Na ja, was geschehen ist, ist geschehen, und alles Geschrei auf der ganzen Welt kann es nicht mehr rückgängig machen. Ich hoffe nur, du hast deine Lektion gelernt. Wieviel hat es dich eigentlich gekostet?«

»Ich habe gewonnen.«

»Also gut. Nur, um dir zu beweisen, daß ich es dir nicht nachtrage, werden wir den Gewinn teilen. In gewisser Weise ist es ja auch meine Schuld. Ich hätte dir beibringen sollen ...«

Plötzlich legte sich eisiges Schweigen über uns. Sogar Massha hatte ihre Praline nicht mehr ganz bis zum Mund geführt. Langsam, ganz langsam drehte Aahz sich zu mir herum.

»Weißt du, Skeeve, einen Augenblick lang glaubte ich, du hättest gesagt ...«

»Ich habe gewonnen«, wiederholte ich und versuchte verzweifelt, nicht zu lächeln.

»Du hast gewonnen. Gewonnen wie in ›mehr als nur mit plus/minus Null rausgekommen‹?«

»Gewonnen wie in ›zwanzigtausend in Gold plus‹«, berichtigte ich ihn.

»Aber wenn du nicht gewußt hast, wie man das Spiel spielt, wie konntest du da ...«

»Ich habe nur auf die Leute geachtet, nicht auf die Karten. Das schien ziemlich gut zu funktionieren.«

Jetzt war ich in meinem Element. Es war wirklich selten genug, daß es mir gelang, meinen Partner zu beeindrucken, und ich wollte alles bis zum letzten Tropfen auskosten.

»Aber das ist doch verrückt!« knurrte Aahz. »Ich meine, eine Weile lang geht so etwas vielleicht ganz gut, aber auf die Dauer kann doch niemand ...«

»Er war großartig!« verkündete Markie und trat hinter mir hervor. »Du hättest es sehen sollen. Er hat sie alle geschlagen.«

Meine stolze Vorstellung nahm ein jähes Ende. Mit einer Hand schob ich Markie hinter mich und rüstete mich für die kommende Explosion. Eigentlich wäre ich lieber in Deckung gelaufen, aber dann hätte ich Markie ungeschützt zurücklassen müssen, also begnügte ich mich damit, die Augen zu schließen.

Nichts geschah.

Einige Momente später konnte ich die Spannung nicht mehr ertragen und öffnete ein Auge, um ein Blinzeln zu riskieren. Der Anblick, der sich mir bot, war eine *extreme* Nahansicht von einem von Aahz' gelben Augen. Er stand Nase an Nase vor mir und wartete anscheinend darauf, bis ich bereit war, um mit seiner Tirade zu beginnen. Es war ganz offensichtlich, daß *er* seinerseits durchaus bereit war. Goldene Flecken in seinen Augen schimmerten, als würden sie gleich überkochen ... und soweit es mich betraf, mußte ich auch davon ausgehen, daß sie das tun würden.

»Wer ... ist ... das?«

Ich entschied mich dagegen, den Dummen zu spielen und scheinbar ahnungslos »Wer ist was?« zu fragen. Auf die Entfernung, die Aahz vor mir stand, hätte er mir buchstäblich den Kopf abgebissen!

»Äh ... erinnerst du dich, daß ich gesagt habe, ich hätte zwanzigtausend plus gemacht? Nun, sie ist das Plus.«

»DU HAST BEIM KARTENSPIEL EIN KIND GEWONNEN!?!!«

Die Wucht der Stimme meines Partners drückte mich tatsächlich zwei Schritte zurück. Wahrscheinlich wäre ich noch weiter zurück geprallt, wenn ich nicht gegen Markie gestoßen wäre.

»HAST DU DEN VERSTAND VERLOREN?? WEISST DU NICHT, WELCHE STRAFE AUF SKLAVEREI STEHT ...«

Mitten im Satz verschwand er hinter einer Mauer aus Fleisch und geschmacklosen Farben. Trotz ihrer früheren Beteuerungen hinsichtlich ihres Lebenserhalts war Massha zwischen uns getreten.

»Nun beruhig dich mal eine Minute, grüner Schuppiger.«

Aahz versuchte, um sie herumzukommen.

»ABER ER HAT GERADE ...«

Sie machte einen halben Schritt zur Seite und blockte ihn ab, indem sie sich gegen die Wand lehnte.

»Gib ihm Gelegenheit, es dir zu erklären. Schließlich ist er doch dein Partner, oder etwa nicht?«

Dem Klang seiner Stimme nach zu urteilen, hatte

Aahz die Richtung gewechselt und versuchte es nun auf der anderen Seite.

»ABER ER ...«

Massha machte zwei Schritte zur anderen Seite und lehnte sich dort gegen die Wand, während sie die ganze Zeit weitersprach, als sei sie nicht unterbrochen worden.

»Entweder ist er ein Idiot ... was er nicht ist, oder du bist ein lausiger Lehrer ... was du nicht bist, oder hinter der Sache steckt noch sehr viel mehr. Hmmm?«

Nun setzte für eine kurze Weile wieder Schweigen ein, dann sprach Aahz erneut, diesmal mit weitaus gemäßigterer Stimme.

»Also gut, *Partner*. Laß hören.«

Massha gab ihre Stellung auf, und ich konnte Aahz wieder sehen, obwohl ich mir beinahe gewünscht hätte, es nicht zu können. Er keuchte heftig, doch ob dies aus Zorn geschah oder von der Anstrengung seiner Versuche herrührte, um Massha herumzugehen, konnte ich nicht sagen. Ich hörte, wie die Schuppen an seinen Fingern schnarrten, als er immer wieder die Fäuste ballte und löste, und ich wußte, daß ich ihm meine Geschichte besser sehr schnell erzählen sollte, bevor er wieder die Beherrschung verlor.

»Ich habe nicht *sie* gewonnen«, sagte ich hastig. »Ich habe nur das Pfand ihres Vaters gewonnen. Sie ist unsere Garantie dafür, daß er zurückkommen wird, um seine Schulden zu begleichen.«

Aahz hörte mit dem Faustzusammenballen auf, und ein verwirrtes Stirnrunzeln verzog seine Miene.

»Ein Pfand? Das verstehe ich nicht. Die Spiele des Gieks finden immer auf der Grundlage von Barzahlung statt.«

»Nun, im Falle von Pidge scheint er eine Ausnahme gemacht zu haben.«

»Pidge?«

»Das ist mein Papi«, verkündete Markie und trat wieder hinter mir hervor. »Der verliert viel, deshalb haben ihn auch alle beim Spielen so gern dabei.«

»Schlaues Kindchen«, bemerkte Aahz. »Das könnte vielleicht auch erklären, weshalb du heute abend so gut abgeschnitten hast. Ein Stümper kann das ganze Spiel durcheinanderbringen. Und trotzdem, wenn der Giek tatsächlich mal ein Pfand nimmt, dann bezahlt er die Sieger meistens bar aus und kümmert sich selbst um das Eintreiben.«

»Dazu war er auch bereit.«

»Warum ...«

»... und wenn Markies Vater nicht in zwei Wochen auftauchen sollte, wollte er sie in irgendeine abgelegene Dimension bringen, um sie dort selbst als Sklavin zu verkaufen, damit er sein Geld wiedersieht.«

Von ihrem Sessel aus stieß Massha einen leisen Pfiff aus.

»Nettes Bürschchen, dieser Giek.«

»Er ist ein Täufler.« Aahz winkte zerstreut ab, als würde das alles erklären. »Also gut, also gut. Ich verstehe, daß du meintest, dich um das Kind hier zu kümmern, anstatt es dem Giek zu überlassen. Aber beantworte mir doch mal eine Frage.«

»Welche denn?«

»Was sollen *wir* tun, wenn ihr Vater nicht mehr aufkreuzen sollte?«

Manchmal gefällt mir Aahz besser, wenn er tobt, als wenn er nachdenkt.

»Aahz ... darüber denke ich gerade noch nach.«

»Na, wunderbar! Schön, wenn du dir eine Antwort ausgedacht hast, laß es mich wissen. Ich glaube, ich bleibe so lange in meinem Zimmer, bis Gras über die Sache gewachsen ist.«

Seufzend trat er aus dem Raum und ließ Massha und mich stehen, damit wir uns um Markie kümmerten.

»Kopf hoch, Schätzchen«, bemerkte mein Lehrling. »So'n großes Problem sind Kinder auch wieder nicht. He, Markie, möchtest du ein Stück Schokolade?«

»Nein, danke. Davon könnte ich dick und häßlich werden wie du.«

Ich zuckte zusammen. Bisher war Massha meine Verbündete gewesen, wenn es um Markie ging, aber diese Bemerkung konnte alles verändern. Was ihr Gewicht anbetraf, war sie sehr empfindlich, deshalb pflegten die meisten von uns es nicht zu erwähnen. Tatsächlich hatte ich mich schon so sehr an ihr Aussehen gewöhnt, daß ich oft vergaß, wie sie jemandem erscheinen mußte, der sie nicht kannte.

»Markie!« sagte ich streng. »Das war aber nicht sehr nett, so was zu sagen!«

»Aber es ist doch wahr!« konterte sie und blickte mich aus ihren unschuldigen Augen an.

»Deshalb ist es ja auch nicht nett«, lachte Massha, obwohl mir auffiel, daß ihr Lächeln ein wenig gequält wirkte. »Komm schon, Markie. Machen wir einen Raubzug durch die Speisekammer und suchen wir dir was zu essen ... etwas mit wenig Kalorien.«

So verließen die beiden den Raum, und ich blieb mit meinen Gedanken zurück. Aahz hatte eine sehr gute Frage aufgeworfen. Was sollten wir *tatsächlich* tun, wenn Markies Vater nicht zurückkehren sollte? Ich hatte noch nie mit Kindern zusammengelebt. Ich wußte, daß es Probleme geben würde, mit ihr zusammen zu sein, doch wie viele Probleme? Bei allem, was wir als Team bereits bewältigt hatten, würden Aahz und ich doch bestimmt mit einem kleinen Mädchen zurechtkommen. Andererseits war Aahz natürlich ...

»Da bist du ja, Boß! Gut. Hatte gehofft, daß du noch auf bist.«

Ich schob meine Gedanken beiseite und sah, wie einer meiner Leibwächter ins Zimmer kam.

»Oh, hallo, Guido. Wie lief's mit eurem Jahresbericht?«

»Hätte nicht besser gehen können. Don Bruce war sogar so glücklich, daß er dir ein kleines Geschenk geschickt hat.«

Trotz meiner Sorgen mußte ich lächeln. Wenigstens lief hier mal was richtig.

»Das ist ja wunderbar«, sagte ich. »Kann ein bißchen Aufheiterung gebrauchen.«

»Da habe ich gerade das richtige für dich. He, Nunzio! Bring sie rein!«

Mein Lächeln gefror. Verzweifelt versuchte ich, nicht in Panik zu geraten. Schließlich, so überlegte ich mir, bezeichnen die Leute eine Menge Dinge als »sie«. Schiffe, zum Beispiel, oder sogar ...

»Boß, das ist Bunny. Don Bruce schickt sie dir mit seinen Empfehlungen, weil du gute Arbeit geleistet hast. Sie wird dein Häschen werden.«

Das Mädchen, das die beiden gerade ins Zimmer begleiteten, hatte nicht die geringste Ähnlichkeit mit einem Schiff.

›Nur nicht den Kopf verlieren.‹

Salome

4

Bunny war ein kleiner Rotschopf mit großer Oberweite, sie trug eine Pilzkopffrisur und hatte einen leeren Gesichtsausdruck, um den sie jeder Zombie beneidet hätte. Sie kaute lebhaft auf irgend etwas herum, während sie den Hals streckte, um möglichst das ganze Zimmer auf einmal zu begutachten.

»Klasse! Habt ja 'nen tollen Schuppen hier. Viel besser als dort, wo ich zuletzt war!«

»Das hier ist nur das Wartezimmer«, sagte Nunzio stolz. »Warte mal, bis du den Rest gesehen hast. Das ist die größte Bude, in der ich je gearbeitet habe, wenn du verstehst, was ich meine.«

»Was ist denn mit euch beiden los?« bellte Guido. »Habt ihr keine Manieren? Alles der Reihe nach. Bunny, das ist der Boß. Für ihn wirst du arbeiten.«

Bunny kam mit ausgestreckter Hand auf mich zu. Die Bewegungen ihres Körpers unter ihrer eng anliegenden Bekleidung ließ wenig Zweifel darüber offen, was sie darunter trug ... oder nicht trug, je nachdem.

»Freut mich, dich kennenzulernen, Boß. Aber das beruht ja wohl auf Gegenseitigkeit«, sagte sie fröhlich.

Ausnahmsweise wußte ich mal ganz genau, was ich erwidern wollte.

»Nein.«

Sie drehte sich um und blickte Guido stirnrunzelnd an.

»Er meint, du sollst ihn erst dann ›Boß‹ nennen, wenn du ihn besser kennengelernt hast«, versicherte mein Leibwächter ihr. »Hier in der Gegend nennt man ihn im allgemeinen Skeeve.«

»Kapiert«, zwinkerte sie. »Also gut, *Skeeve* ... weißt du, das ist richtig süß.«

»Nein«, wiederholte ich.

»Also gut. Dann ist es eben nicht süß, was immer du meinst. Du bist der Boß.«

»NEIN!«

»Aber ...«

Ich ignorierte sie und wandte mich direkt an Guido.

»Habt ihr nicht mehr alle Tassen im Schrank? Was soll das, die hier einfach reinzubringen?«

»Wie ich schon sagte, Boß, sie ist ein Geschenk von Don Bruce.«

»Guido, es gibt haufenweise Leute, die einander Geschenke machen. Geschenke wie Krawatten und Bücher ... aber doch keine Mädchen!«

Hilflos zuckte mein Leibwächter die Schultern. »Don Bruce ist nun einmal was Besonderes. Er hat uns dir überhaupt erst zugeteilt, und er sagt, daß jemand, der so 'ne große Nummer im Syndikat ist wie du, einen Betthasen haben sollte.«

»Guido ... komm, wir unterhalten uns mal. Entschuldige uns einen Augenblick, Bunny.«

Ich legte meinem Leibwächter den Arm um die Schulter und zerrte ihn in eine Ecke hinüber. Das mag sich vielleicht ganz einfach anhören, aber machen Sie sich bitte klar, daß ich tatsächlich *nach oben* greifen mußte, um seine Schulter zu packen. Sowohl Guido als auch Nunzio sind erheblich größer als ich.

»Nun hör mal zu, Guido«, sagte ich. »Erinnerst du

dich noch, wie ich dir mal unser Arrangement erklärt habe?«

»Na klar doch, Boß.«

»Gut, gehen wir die Sache noch einmal durch. Don Bruce hat Aahz und mich angeheuert, damit wir ein Auge auf die Interessen des Syndikats hier im Bazar werfen. Nun hat er das nur getan, weil die gewöhnlichen Methoden, die er anwandte, nicht funktionierten ... Richtig?«

»Genaugenommen hat er *dich* angeheuert und deinen Partner miteingeschlossen. Aber davon abgesehen ... richtig.«

»Wir haben euch auch erklärt, daß der Grund, weshalb die normalen Methoden des Syndikats nicht funktionieren, darin besteht, daß die Händler des Bazars uns angeheuert hatten, das Syndikat zu vertreiben. Weißt du noch?«

»Ja. Das war eine ziemliche Überraschung, als du uns das mitgeteilt hast. Ich meine, da haben wir uns ganz schön aufgeregt, wenn du verstehst, was ich meine.«

»Und das bringt uns nun zur Gegenwart. Das Geld, das wir von den Händlern des Bazars eintreiben und an Don Bruce weiterleiten, das Geld, von dem er denkt, daß sie es dem Syndikat als Schutzgeld zahlen, das wird in Wirklichkeit an uns gezahlt, damit wir das Syndikat vom Bazar fernhalten. Verstanden?«

»Verstanden.«

»Gut. Wenn du diese Situation also verstehst, dann wirst du auch einsehen, daß ich kein Häschen oder sonst noch jemanden vom Syndikat hier herumhängen haben will. Wenn Don Bruce erfährt, was wir hier für ein Spiel spielen, fliegt der Deckel von der

Jauchegrube. Deshalb mußt du sie wieder wegschaffen.«

Guido nickte kräftig.

»Nein«, sagte er.

»Dann brauchst du nur ... Was soll das heißen, ›nein‹? Muß ich dir etwa alles noch einmal erklären?«

Mein Leibwächter seufzte schwer.

»Ich verstehe die Situation schon, Boß, aber ich glaube nicht, daß *du* es tust. Gestatte mir, dort fortzufahren, wo du abgebrochen hast.«

»Aber ich ...«

»Was immer du nun auch sein magst, Don Bruce hält dich jedenfalls für einen kleineren Boß innerhalb der Syndikatshierarchie, der ein lukratives Geschäft laufen hat. Richtig?«

»Na ja ...«

»Als solcher hast du Anspruch auf ein schönes Haus, was du ja auch hast, auf zwei Leibwächter, die du auch hast, und auf ein Betthäschen, was du nicht hast. Diese Dinge sind in Don Bruces Augen notwendig, wenn das Syndikat sein Image in der Öffentlichkeit aufrechterhalten will, daß es nämlich seine erfolgreichen Mitglieder hinreichend belohnt ... genauso, wie es sein Mißfallen über Mitglieder äußern muß, die versagen. Hast du mich verstanden?«

»Image in der Öffentlichkeit«, sagte ich matt.

»Es ist also im Interesse des Syndikats, daß Don Bruce dich mit etwas versorgt, was du dir noch nicht selbst besorgt hast ... genauer gesagt: mit einem Betthäschen. Wenn du diese hier nicht magst, können wir sie zurückbringen und eine andere holen, aber einen Hasen brauchst du, wenn wir weiterhin so sorgenfrei miteinander umgehen sollen. Sonst ...« Er machte eine dramatische Pause.

»Sonst ...?« ermunterte ich ihn, weiterzusprechen.

»Wenn du nicht den äußeren Anschein eines erfolgreichen Syndikatsmitglieds wahrst, wird Don Bruce dazu gezwungen sein, dich so zu behandeln, als wärst du erfolglos ... verstehst du, was ich meine?«

Plötzlich hatte ich das dringende Bedürfnis, meine Stirn zu massieren. »Na prima!«

»Genau das, was ich sage. Unter den gegenwärtigen Umständen jedoch hielt ich es für das Vernünftigste, sein Geschenk in deinem Namen anzunehmen und darauf zu hoffen, daß du später schon eine freundschaftliche Lösung für unser Dilemma finden würdest.«

»Ich nehme an, du ... He, einen Augenblick mal! Hier wohnen doch bereits Massha und Tanda. Genügen die denn nicht?«

Wieder stieß Guido sein Seufzen hervor. »Diese Möglichkeit ist mir in der Tat auch schon eingefallen, doch dann habe ich mir gesagt: ›Guido, möchtest du wirklich derjenige sein, der entweder Massha oder Tanda das Etikett eines Betthäschens anheftet, so, wie du die Damen kennst? Auch wenn man sich nur im Syndikat darüber das Maul zerreißen wird?‹ Unter diesem Aspekt betrachtet, gelangte ich zu dem Entschluß, in Don Bruces Vorschlag einzuwilligen und dir die letzte Entscheidung zu überlassen ... *Boß.*«

Wegen der sarkastischen Betonung seines letzten Wortes warf ich ihm einen scharfen Blick zu. Trotz seiner manierierten Ausdrucksweise und seiner pseudo-pompösen Erklärungen hatte ich gelegentlich den Eindruck, daß Guido weitaus intelligenter war, als er offenbaren mochte. Im Augenblick stellte seine Miene jedoch eine Studie in Unschuld dar, so daß ich die Sache lieber überging.

»Ich verstehe, was du meinst, Guido. Wenn Massha oder Tanda als ›Betthäschen‹ bekannt werden wollen, dann wäre es mir lieber, wenn es ihre eigene Entscheidung wäre und nicht meine. Aber bis dahin müssen wir uns wohl mit ihr abgeben, mit dieser ... wie hieß sie noch? Bunny? Schnuppert die immer mit der Nase, oder warum heißt sie so?«

Guido warf den anderen beiden quer durch den Raum einen Blick zu, dann senkte er verschwörerisch die Stimme. »Ganz unter uns, Boß, ich glaube, du wärst gut beraten, dieses Häschen hier, das dir Don Bruce persönlich geschickt hat, anzunehmen. Verstehst du, was ich meine?«

»Nein, tue ich nicht.« Ich schnitt eine Grimasse. »Entschuldige mich, Guido, aber im Augenblick arbeitet mein Geist etwas träge. Wenn du mir irgend etwas sagen willst, mußt du dich schon deutlicher ausdrücken.«

»Na ja, ich habe mich ein bißchen umgehört, und es sieht so aus, als wäre Bunny Don Bruces Nichte und ...«

»SEINE N...«

»Ssschhh! Behalt das für dich, Boß. Ich glaube nicht, daß wir das wissen sollten.«

Mit übermenschlicher Anstrengung unterdrückte ich meine Hysterie und senkte wieder die Stimme. »Was wollt ihr mir bloß antun? Ich will die ganze Operation möglichst geheimhalten, und ihr schleppt mir Don Bruces Nichte an!«

»Mach dir keine Sorgen.«

»ICH SOLL MIR KEINE ...«

»Ssschhh! Wie ich schon sagte, ich habe mich ein bißchen umgehört. Sieht so aus, als würden die beiden gar nicht gut miteinander auskommen. Gönnen sich gegenseitig nicht einmal die Butter aufs Brot.

Wie ich erfahren habe, will er nicht, daß sie ein Syndikatshäschen ist, während sie keine andere Arbeit mag. Bekämpfen sich wie Katz und Maus. Wenn es jedenfalls irgendein Häschen gibt, bei dem du dich darauf verlassen kannst, daß sie Don Bruce keinen reinen Wein einschenkt, dann ist es diese hier.«

Mein Kopfschmerz hatte sich inzwischen bis in die Magengrube ausgedehnt.

»Na klasse. Einfach klasse. Wenigstens ...«

»Eins konnte ich allerdings nicht herausbekommen«, fuhr Guido mit gerunzelter Stirn fort, »nämlich, weshalb er sie bei dir haben will. Ich schätze, er glaubt entweder, daß du sie richtig behandeln wirst, oder er erwartet, daß du ihr einen solchen Schrecken einjagst, daß sie keine Lust mehr hat, Häschen zu spielen. Ich bin mir einfach nicht sicher, wie du die Sache genau handhaben solltest.«

Das war keine gute Nacht für mich. Tatsächlich war es ständig bergab gegangen, seitdem ich die letzte Runde Drachenpoker gewonnen hatte.

»Guido«, sagte ich. »Bitte sag jetzt nichts mehr. Okay? Bitte? Jedesmal, wenn ich glaube, daß alles vielleicht doch nicht ganz so schlecht ist, zerrst du irgend etwas hervor, das es noch schlimmer macht.«

»Ich versuche nur, meinen Job zu erledigen«, meinte er achselzuckend, offensichtlich verletzt, »aber wenn es das ist, was du willst ... nun, du bist der Boß.«

»Und wenn du das noch ein einziges Mal sagst, dann vergesse ich möglicherweise die Tatsache, daß du größer bist als ich, und haue dir eins auf die Nase. Verstanden? Boß zu sein setzt ein gewisses Ausmaß an Kontrolle voraus, und wenn ich im Augenblick irgend etwas nicht habe, dann ist es Kontrolle.«

»In Ordnung, B-... Skeeve«, erwiderte mein Leibwächter. »Weißt du, einen Augenblick lang hast du dich genauso angehört wie mein alter B-... Arbeitgeber. Wenn der wütend wurde, hat der auf Nunzio und mich immer eingedroschen. Natürlich mußten wir es einstecken ...«

»Bring mich bloß nicht noch auf Ideen«, knurrte ich. »Konzentrieren wir uns jetzt lieber mal auf Bunny.«

Ich lenkte meine Aufmerksamkeit einmal mehr auf mein gegenwärtiges Problem, will sagen auf Bunny. Die starrte immer noch mit leerem Blick im Zimmer umher, während ihre Kiefer methodisch bearbeiteten, worauf auch immer sie herumkauen mochte, und beachtete offensichtlich überhaupt nicht, was Nunzio jetzt mitzuteilen versuchte.

»Nun, äh ... Bunny«, sagte ich, »sieht so aus, als würdest du für eine Weile bei uns bleiben.«

Sie reagierte auf meine Worte, als hätte ich den Einschaltknopf betätigt.

»Oooooooohhh!« quiekte sie, als hätte ich ihr gerade mitgeteilt, daß sie einen Schönheitswettbewerb gewonnen hatte. »Oh, ich weiß, daß ich es einfach *genießen* werde, unter dir zu arbeiten, Skeevie.«

Mein Magen vollführte eine Linksdrehung.

»Soll ich ihre Sachen holen, Boß?« fragte Nunzio. »Sie hat da draußen ungefähr eineinhalb Berge Gepäck.«

»Ach, das kannst du alles dalassen«, säuselte Bunny. »Ich weiß doch, daß mein Skeevie mir eine komplette neue Garderobe kaufen will.«

»Moment mal! Redepause!« befahl ich. »Zeit für Besprechung der Hausregeln. Bunny, einige Sachen werden *auf der Stelle* aus deinem Vokabular verschwinden. Als erstes vergißt du ›Skeevie‹. Es heißt Skeeve ... einfach nur Skeeve, oder, wenn es schon sein muß, der Große Skeeve. Aber nicht Skeevie.«

»Kapiert«, zwinkerte sie.

»Als nächstes: Du arbeitest nicht *unter* mir. Du bist ... du bist meine persönliche Sekretärin. Verstanden?«

»Na klar doch, Süßer. So nennt man mich immer.« Wieder kam dieses Augenzwinkern.

»Gut, nun zu dir, Nunzio. Du wirst ihr Gepäck in ... ich weiß nicht, ins rosa Schlafzimmer bringen.«

»Soll ich ihm dabei helfen, Boß?« fragte Guido.

»*Du* bleibst hier.« Ich lächelte und bleckte dabei sämtliche Zähne. »Für dich habe ich einen Spezialauftrag.«

»Nun warte mal eine Minute!« unterbrach Bunny, und ihr Ach-wie-süß-ich-doch-bin-Akzent verschwand beinahe. »Was soll das heißen, das ›rosa Schlafzimmer‹? Irgendwie siehst du mir nicht wie jemand aus, der in einem rosa Schlafzimmer schläft. Ziehe ich etwa nicht in dein Schlafzimmer ein?«

»In meinem Schlafzimmer schlafe *ich*«, entgegnete ich bestimmt. »Findest du nicht auch, daß es viel praktischer ist, wenn du in eines unserer freien Schlafzimmer einziehst, als wenn ich umziehe, nur damit du in meines kannst?«

Wie ich schon sagte, es war eine lange Nacht gewesen, und ich war mehr als nur ein bißchen langsam. Glücklicherweise war Bunny schnell genug für uns beide.

»Ich dachte, wir würden zusammen in einem Zimmer schlafen, Skeeve. Das ist doch überhaupt der Grund, weshalb ich hier bin, verstehst du? Was ist denn los? Meinst du, ich hätte Mundgeruch oder so was?«

»Ääähh ... öööhh ...«, stammelte ich.

»Hallo, Guido ... Nunzio. Wer ist ... oho!«

Diese geistreiche Äußerung stammte ausnahmsweise mal nicht von mir. Massha war gerade mit Markie im Schlepp ins Zimmer gekommen und blieb abrupt stehen, als sie Bunny erblickte.

»He, Boß! Was ist denn das für ein Kind?«

»Guido, Nunzio, das ist Markie ... unser *anderer* Hausgast. Massha, Markie, das ist Bunny. Sie wird für eine Weile bei uns bleiben ... im *rosa* Schlafzimmer.«

»Jetzt verstehe ich!« rief Bunny. »Du willst, daß wir es nicht so auffällig machen, wegen des Kindes! Nun, auf mich kannst du zählen. Diskretion ist Bunnys zweiter Vorname. Also auf ins rosa Schlafzimmer!«

Ich hätte sie mit Freuden erwürgen können. Wenn die Bedeutung ihrer Worte Markie auch entgangen sein mochte, war dies bei Massha mit Sicherheit nicht der Fall, sie starrte mich vielmehr mit erhobenen Augenbrauen an.

»Wie auch immer«, sagte ich, anstatt drastischere Maßnahmen zu ergreifen. »Also, Nunzio, du bringst Bunny im rosa Schlafzimmer unter. Massha, ich möchte, daß du Markie im blauen Schlafzimmer neben meinem einquartierst ... und reiß mal die Augenbrauen wieder runter. Morgen früh werde ich alles erklären.«

»*Das* möchte ich hören!« schnaubte sie. »Komm schon, Kind.«

»Ich bin aber gar nicht müde!« protestierte Markie.

»Pech für dich!« konterte ich. »Ich aber.«

»Oh«, machte sie eingeschüchtert und folgte Massha.

Was immer ihr Vater auch für ein mieser Kunde sein mochte, irgendwann hatte sie jedenfalls gelernt, wann man mit Erwachsenen diskutieren konnte, und wann es das beste war, zu parieren.

»Was soll ich für dich tun, Boß?« fragte Guido diensteifrig.

Ich gönnte ihm mein bösestes Grinsen.

»Weißt du noch, daß ich gesagt habe, ich hätte einen Spezialauftrag für dich?«

»Ja, Boß!?«

»Ich warne dich, es ist gefährlich.«

Das schmeichelte seinem Berufsstolz, und er blähte die Brust. »Je schwieriger, um so besser. Du kennst mich doch!«

»Prima«, meinte ich. »Du brauchst nur nach oben zu gehen und Aahz Bunnys Anwesenheit zu erklären. Es sieht nämlich so aus, als würde mein Partner im Augenblick nicht mit mir sprechen.«

›Ich krieg kein Bein mehr auf die Erde!‹

N. Armstrong

5

Luanna war bei mir. Ich erinnerte mich nicht mehr, wann sie eingetroffen oder wie lange sie schon da war, aber das war mir auch egal. Ich hatte sie seit dem Gefängnisausbruch auf Limbo nicht mehr gesehen, und sie hatte mir schrecklich gefehlt. Sie hatte mich bei ihrem Partner Matt zurückgelassen, und mit ihr war auch ein kleines Stück von mir verschwunden. Ich will ja nicht so kitschig werden, zu behaupten, daß es mein Herz war, aber es stammte schon ungefähr aus dieser Gegend.

Es gab so viel, was ich ihr sagen wollte ... was ich sie fragen wollte, doch es schien nicht wirklich wichtig zu sein. Wir lagen einfach nur Seite an Seite auf einem grasüberwachsenen Hügel, sahen den Wolken zu und genossen schweigend einer die Gesellschaft des anderen. Ich hätte ewig so liegen bleiben können, doch sie stemmte sich auf einen Ellenbogen und sprach mich leise an.

»Wenn du ein Stückchen zur Seite rückst, Skeevie, können wir beide es uns gemütlich machen.«

Diese Worte zerstörten meinte innere Ruhe. Sie hörte sich überhaupt nicht nach Luanna an. Luannas Stimme war melodisch und aufregend. Sie klang wie ...

»BUNNY!«

Plötzlich schoß ich kerzengerade in die Höhe, keineswegs auf einem grasüberwachsenen Hügel, sondern in meinem eigenen Bett.

»Pssst! Du weckst das Kind auf!«

Sie saß auf meiner Bettkante und hatte etwas Durchsichtiges an, das noch enthüllender war als das hautenge Zeug letzte Nacht.

»Was tust du hier in meinem Zimmer!?«

Ich konnte mich noch genau daran erinnern, wie ich vor dem Zubettgehen mehrere Möbelstücke vor der Tür aufgetürmt hatte, und ein schneller Blick bestätigte mir, daß sie noch an Ort und Stelle waren.

»Durch den Geheimgang«, sagte sie mit einem von ihren Augenzwinkern. »Nunzio hat ihn mir letzte Nacht gezeigt.«

»Ach ja, hat er das?« knurrte ich. »Erinnere mich doch bitte daran, ihm für diesen kleinen Liebesdienst gebührend zu danken.«

»Spar dir deinen Dank auf, Süßer. Du wirst ihn noch brauchen, wenn ich mit dir fertig bin.«

Mit diesen Worten hob sie die Laken und glitt neben mich. Ich für meinen Teil glitt auf der anderen

Seite aus dem Bett, als hätte sich soeben eine Spinne zu mir gesellt. Nicht, daß ich Angst vor Spinnen gehabt hätte, aber Bunny jagte mir Furcht ein.

»Was ist denn jetzt schon wieder verkehrt?« jammerte sie.

»Äh ... ah ... hör mal, Bunny, können wir uns mal eine Minute unterhalten?«

»Na klar«, sagte sie und setzte sich im Bett auf, um sich vorzubeugen und die Ellenbogen auf die Knie zu stemmen. »Über was immer du willst.«

Leider verlieh mir ihre gegenwärtige Stellung einen ungehinderten Einblick in ihren Ausschnitt. Prompt vergaß ich, was ich eigentlich hatte sagen wollen.

»Äh ... ich ... öh ...«

An der Tür klopfte es.

»Herein!« sagte ich, dankbar für die Unterbrechung.

Das war ohne jeden Zweifel so ziemlich das Blödeste, was ich je gesagt habe.

Die Tür öffnete sich, die aufgetürmten Möbel purzelten herunter, und Chumly trat ein.

»Hör mal, Skeeve, Aahz hat mir gerade das Erstaunlichste ... Hallo?«

Ich habe schon erwähnt, daß Chumly ein Troll ist. Was ich jedoch nicht erzählt habe, war, daß er auch erröten kann, wahrscheinlich, weil ich es bisher selbst noch nicht wußte. Von allen Anblicken, die ich in zahlreichen Dimensionen zu sehen bekommen habe, ist ein errötender Troll eine Klasse für sich.

»Du mußt Chumly sein«, zwitscherte Bunny. »Die Jungs haben mir von dir erzählt.«

»Äh ... ganz recht. Freut mich, dich kennenzulernen und so weiter«, sagte der Troll und versuchte den Blick abzuwenden, während er zugleich höfliche Konversation betrieb.

»Na klar. Sicher, Chum. Hast du nicht noch etwas anderes zu tun ... zum Beispiel, wieder zu gehen?«

In meiner Verzweiflung packte ich ihn am Arm.

»Nein! Ich meine ... Chumly kommt immer morgens als erster zu mir.«

»Äh ... ja. Ich wollte einfach nur nachsehen, ob Skeeve schon frühstücken will.«

»Na, ich bin jedenfalls als erste hiergewesen«, fauchte Bunny. »Wenn Skeevie etwas haben will, an dem er herumknabbern kann, dann kann er ...«

»Guten Morgen, Papi!«

Markie kam ins Zimmer gestürzt und verpaßte mir einen Riesenkuß, bevor wir auch nur begriffen hatten, daß sie da war.

»Du mußt Skeeves neues Mündel sein, Markie«, sagte der Troll freundlich. Offensichtlich war er dankbar dafür, sich auf etwas anderes konzentrieren zu können als Bunny.

»Und du bist Chumly. Hallo, Bunny!«

»Hallöchen«, erwiderte Bunny mit merklichem Mangel an Begeisterung, während sie die Bettlaken hochzog.

»Bist du auf, Skeeve?«

Die Stimme, die aus dem Gang hereintrieb, ließ sich sofort als Tandas identifizieren.

Chumly und ich hatten nur selten als Team zusammengearbeitet, doch diesmal war weder Planung noch Koordination erforderlich. Ich nahm Markie blitzschnell auf und trug sie hinaus in den Gang, während Chumly mir folgte, dabei die Tür hinter sich mit einer Wucht zuschlagend, daß es das Holz hätte zersplittern können.

»Winke, winke, kleine Schwester. Schöner Tag heute, nicht wahr?«

»Hallo, Tanda! Gibt's was Neues?«

Unsere herzliche Begrüßung, mit der wir eigentlich die Situation entschärfen wollten, führte nur dazu, daß unsere Kollegin wie gebannt stehenblieb.

Tanda ist recht attraktiv – sofern kurvige olivenhäutige, grünhaarige Frauen Ihr Typ sind. Natürlich sieht sie weitaus besser aus, wenn sie gerade nicht die Lippen schürzt und die Augen mißtrauisch verengt.

»Nun, zuerst würde ich mal sagen, daß das kleine Mädchen unter deinem Arm etwas Neues ist«, sagte sie fest. »Ich mag ja vielleicht nicht gerade die aufmerksamste Person sein, aber ich bin sicher, daß sie mir aufgefallen wäre, hätte sie schon früher hier gewohnt.«

»Oh. Nun, es gibt ein paar Dinge, über die ich dir berichten muß«, lächelte ich matt. »Das hier ist auch eins davon. Ihr Name ist Markie und ...«

»Später, Skeeve. Im Augenblick bin ich neugieriger darauf zu erfahren, was mein großer Bruder gerade im Schilde führt. Was ist los, Chumly? Ich habe zwar schon gesehen, wie du Türen auf dem Weg *in* die Schlafzimmer geknallt hast, aber noch nie beim Hinauskommen.«

»Äh ... nun ...«, murmelte der Troll verlegen.

»Eigentlich«, stand ich ihm bei, »ist es mehr so ... weißt du ...«

»Genau das wollte ich feststellen«, erklärte Tanda, glitt an uns vorbei und riß die Schlafzimmertür auf.

Mein Zimmer war glücklicherweise frei von Bewohnern. Anscheinend war Bunny durch irgendeine Geheimtäfelung wieder verschwunden, durch die sie auch gekommen war. Chumly und ich wechselten unbemerkt erleichterte Blicke.

»Das verstehe ich nicht«, meinte Tanda stirnrunzelnd. »Ihr beiden habt euch verhalten, als wolltet ihr irgend jemanden verstecken. Aber hier ist doch gar nichts, was solche Geheimnistuerei verdient hätte.«

»Ich glaube, sie wollten nicht, daß du das Mädchen im Bett meines Papis siehst«, kam ihr Markie fröhlich zur Hilfe.

Eigentlich wollte ich Markie dafür meinen besonderen Dank ausdrücken, doch dann gelangte ich zu dem Schluß, daß ich schon genug Probleme hatte, ohne daß ich die Liste auch noch durch einen Mord erweitern mußte.

»Nun, Skeeve?« fragte Tanda, und ihre Augenbrauen berührten fast den Haaransatz.

»Äh ... genaugenommen bin ich gar nicht ihr Papi. Das ist eine der Sachen, von denen ich dir erzählen wollte.«

»Ich meinte das Mädchen in deinem Zimmer!«

»Das ist auch eine Sache, von der ich dir ...«

»Nun laß ihm mal ein bißchen Luft! Was, Tanda? Es ist ungehörig, über jemanden noch vor dem Frühstück herzufallen.«

Das war Aahz, der sich ausnahmsweise ungesehen – oder ungehört – zu uns gesellt hatte. Für gewöhnlich sind leise Auftritte nicht eben seine Stärke.

Und da wir schon dabei sind: Ich hatte noch nie bemerkt, daß er gezögert hätte, über irgend jemanden – beispielsweise mich – noch vor dem Frühstück herzufallen. Dennoch war ich dankbar für seine Einmischung.

»Hallo, Aahz. Wir waren gerade ...«

»Weißt du eigentlich, was dein Partner tut!?« fragte Tanda mit einer Stimme, die selbst Wein hätte zum Gefrieren bringen können. »Es sieht so aus, als würde er unser Heim in eine Mischung aus Kinderhort und ...«

»Ich weiß alles darüber«, unterbrach sie Aahz,

»und du auch gleich, wenn du dich erst einmal beruhigt hast. Wir werden alles beim Frühstück erklären.«

»Nun ...«

»Und außerdem«, trumpfte Markie auf, »ist es sowieso nicht *dein* Heim. Es gehört meinem Papi. Der läßt dich hier nur wohnen. In *seinem* Haus kann er machen, was er will!«

Ich löste meinen Griff in der Hoffnung, daß sie kopfunter zu Boden stürzte. Statt dessen vollführte sie jedoch mitten in der Luft eine Drehung und landete wie eine Katze auf den Beinen, die ganze Zeit zufrieden grinsend.

Tanda hatte sich versteift, als hätte sie jemand mit einer Nadel gepiekst.

»Du hast wohl recht, Markie«, preßte sie zwischen hart gewordenen Lippen hervor. »Wenn der ›Große Skeeve‹ sich mit irgendeinem Flittchen vergnügen will, geht mich das nichts an. Und wenn es mir nicht paßt, muß ich halt woanders hingehen.«

Sie machte auf dem Absatz kehrt und schritt den Gang zurück.

»Was ist mit dem Frühstück?« rief Aahz ihr nach.

»Ich werde draußen essen ... und zwar ab jetzt für immer!«

In hilflosem Schweigen sahen wir sie davonschreiten.

»Ich sollte ihr wohl besser mal nachgehen«, meinte Chumly schließlich. »In dieser Stimmung könnte sie noch irgend jemandem weh tun.«

»Könntest du Markie nicht gleich mitnehmen?« fragte Aahz ihn, der immer noch Tanda hinterherstarrte.

»Du machst wohl Witze?« keuchte der Troll.

»Na gut, dann lade sie wenigstens in der Küche ab. Ich muß mit Skeeve mal ein paar Worte allein wechseln.«

»Ich will aber hierbleiben!« protestierte Markie.

»Geh jetzt«, sagte ich ruhig.

Meine Stimme mußte sehr bestimmt geklungen haben, denn Markie und Chumly setzten sich ohne weitere Widerworte in Bewegung.

»Partner, du hast ein Problem.«

»Als wenn ich das nicht selbst wüßte. Wenn es irgendeine Möglichkeit gäbe, würde ich sie an Don Bruce zurückschicken. Und zwar sofort. Aber ...«

»Ich rede nicht von Bunny!«

Das ließ mich innehalten.

»Tust du nicht?«

»Nein. Markie ist das Problem, nicht Bunny.«

»Markie? Aber sie ist doch nur ein kleines Mädchen.«

Aahz stieß ein kleines Seufzen aus und legte eine Hand auf meine Schulter, zur Abwechslung mal auf sanfte Weise.

»Skeeve, ich habe dir in der Vergangenheit schon eine Menge Ratschläge erteilt, manche davon waren besser als andere. Im allgemeinen hast du dich in unvertrauten Situationen ganz gut bewährt, aber diesmal steckst du bis zur Oberkante Unterlippe drin. Glaub mir, du hast ja nicht die leiseste Vorstellung, was für ein Durcheinander ein Kind in deinem Leben anrichten könnte ... vor allen Dingen ein kleines Mädchen.«

Ich wußte nicht, was ich sagen sollte. Mein Partner meinte es offensichtlich sehr ernst, und ausnahmsweise drückte er dies auf sehr ruhige, leise Weise aus. Dennoch begriff ich seinen Gedankengang nicht ganz.

»Ach, komm schon, Aahz! Wieviel Ärger kann sie uns schon machen? Diese Sache mit Tanda ist nur passiert, weil Bunny ...«

»... nachdem Markie im falschen Augenblick losplärren mußte, ja. Ich hatte Tanda gerade soweit, daß sie sich beruhigte, als Markie unbedingt auch noch ihre Münze in den Schlitz werfen mußte.«

Sogleich fiel mir auch ein, daß es Markie gewesen war, die Tanda überhaupt aufgeklärt hatte. Doch diesen Gedanken verdrängte ich lieber erst einmal.

»Na schön, ist sie also nicht vernünftig genug, um den Mund zu halten. Ist doch nur ein Kind. Wir können nicht erwarten, daß sie ...«

»Genau darum geht es mir. Denk doch einmal eine Minute über unsere Operation nach, Partner. Wie oft am Tag können die Sachen schieflaufen, wenn nur jemand im richtigen Augenblick das Falsche sagt? Wir haben glatt ein Jahr gebraucht, um Guido und Nunzio vernünftig abzurichten ... und das sind Erwachsene. Hier ein Kind hinzubringen, das ist, als würde man mit einer Fackel in einer Feuerwerksfabrik herumfuchteln.«

So sehr ich auch seine Bemühungen schätzte, mir ein Problem zu erklären, war ich es doch langsam ein wenig leid, wie Aahz immer auf solch einseitige Weise seine Pointen verfolgen mußte.

»Also gut. Klar, ich habe nicht viel Erfahrung mit Kindern. Möglicherweise unterschätze ich die Lage, aber bist du nicht ein bißchen hysterisch? Auf welchen Erfahrungen gründen eigentlich *deine* Befürchtungen?«

»Machst du Witze?« fragte mein Partner und lachte zum ersten Mal im Laufe unseres Gesprächs. »Jeder, der so viele Jahrhunderte auf dem Buckel hat wie ich, besitzt mehr als genug Erfahrung mit Kindern. Kennst du meinen Rupert nicht mehr? Denkst du etwa, daß der als Erwachsener geboren wurde? Und das ist nur einer von einer Heerschar von Nichten,

Neffen und Enkeln, die ich gar nicht alle aufzählen kann, sonst machen mich die Erinnerungen noch zu einem nervösen Wrack.«

Und ich hatte geglaubt, Aahz könnte mich mit nichts mehr überraschen!

»Wirklich? Enkel? Ich wußte nicht einmal, daß du eigene Kinder hast.«

»Ich rede nicht gern darüber. Das sollte an sich schon Hinweis genug sein. Wenn jemand, der gern redet, so gern wie ich, ein bestimmtes Thema absolut meidet, müssen die Erinnerungen daran doch wohl weniger als angenehm sein!«

Langsam begann ich mir leichte Sorgen zu machen. Als mir einfiel, daß Aahz normalerweise dazu neigte, Gefahren herunterzuspielen, setzten seine Warnungen meine überaktive Einbildungskraft in Gang.

»Ich habe gehört, was du gesagt hast, Aahz, aber wir sprechen hier nur über ein einziges Kind. Wieviel Ärger kann ein kleines Mädchen schon machen?«

Die Miene meines Partners teilte sich plötzlich zu einem seiner berüchtigten bösen Grinser. »Merk dir diesen Satz nur«, sagte er. »Denn ich werde ihn dir von Zeit zu Zeit unter die Nase reiben.«

»Aber ...«

»He, Boß! Da ist jemand, der dich sprechen will!«

Genau das, was mir noch gefehlt hatte! Ich hatte schon so gut wie beschlossen, keine neuen Klienten anzunehmen, bevor Markies Vater die Kleine wieder abgeholt hatte. Natürlich wollte ich das nicht vor Aahz' Augen sagen, vor allem nicht, wenn ich unser gegenwärtiges Gespräch bedachte.

»Ich bin mitten in einer Besprechung, Guido!« rief ich. »Sag ihnen, sie sollen später wiederkommen.«

»Wie du willst, Boß!« ertönte die Erwiderung. »Ich dachte nur, du würdest es wissen wollen, da es schließlich Luanna ist ...«

Wie der Blitz schoß ich davon, machte mir nicht einmal mehr die Mühe, mich zu entschuldigen. Aahz würde mich schon verstehen. Er wußte, daß ich seit unserer Expedition nach Limbo auf Luanna flog.

Auf meinem Weg ins Wartezimmer hatte ich Zeit, darüber nachzudenken, ob es sich dabei vielleicht um einen der kleinen Streiche meines Leibwächters handeln mochte. Ich entschied, daß ich in diesem Falle so lange fleißig lernen würde, bis ich genug Magik beherrschte, um Guido in eine Kröte zu verwandeln.

Doch mein Mißtrauen erwies sich als grundlos. Sie war wirklich da. Meine schöne blonde Göttin. Was mein Herz jedoch erst richtig einen Satz vollführen ließ, war die Tatsache, daß sie ihr Gepäck dabei hatte.

»Hallo, Luanna. Was machst du denn hier? Wo ist Matt? Wie ist es gelaufen? Möchtest du etwas zu trinken? Kann ich ...«

Plötzlich wurde mir klar, daß ich einfach nur so dahinplapperte, und ich zwang mich zu einer Pause.

»Äh ... was ich damit eigentlich nur sagen will, ist, daß es schön ist, dich wiederzusehen.«

Sie schenkte mir jenes abwartende Lächeln, das meine Träume heimgesucht hatte. »Das freut mich, Skeeve. Ich hatte schon befürchtet, du hättest mich vergessen.«

»Keine Bange«, sagte ich, bis mir klar wurde, daß ich sie förmlich anstarrte. »Das heißt, nein, ich habe dich nicht vergessen.«

Ihre tiefblauen Augen trafen meine, und ich hatte das Gefühl, als würde ich hilflos in ihren Tiefen versinken.

»Das ist gut«, sagte sie mit ihrer melodischen Stimme. »Ich war mir nicht sicher, ob ich nach all dieser Zeit dein Angebot doch noch annehmen sollte.«

Ihre Worte drangen durch den Nebel hindurch, der

meinen Geist zu umhüllen drohte. »Angebot? Welches Angebot?«

»Ach, du erinnerst dich gar nicht mehr! Ich dachte ... Ach, ist mir das aber peinlich.«

»Einen Augenblick!« rief ich. »Ich habe es nicht vergessen! Es ist nur, daß ... laß mich bitte nachdenken ... es ist nur ...«

Wie ein Sonnenstrahl im Sumpf kehrte die Erinnerung zu mir zurück. »Du meinst, als ich gesagt habe, daß du für Aahz und mich arbeiten könntest? Ist es das? Richtig?«

»Genau davon rede ich!« Die Sonne kam hinter den Wolken hervor, als sie wieder lächelte. »Weißt du, Matt und ich haben uns nämlich getrennt, und da dachte ich ...«

»Möchtest du Frühstück, Papi? Du hast gesagt ... Oh! Hallo!«

»PAPI!!??«

Markie und Luanna starrten einander an.

Hastig stellte ich meine Pläne um. Ich würde fleißig lernen und danach *mich selbst* in eine Kröte verwandeln.

»Das kann ich dir erklären, Luanna ...«, fing ich an.

»Ich finde, die hier solltest du behalten, Papi«, meinte Markie, ohne den Blick von Luanna abzuwenden. »Sie ist viel hübscher als die andere.«

»DIE ANDERE ... Oh! Du meinst Tanda.«

»Nein, ich meine ...«

»MARKIE!« unterbrach ich verzweifelt. »Warum wartest du nicht auf mich in der Küche. Ich komme in einer Minute nach, sobald ich die Unterhaltung mit ...«

»Skeevie, gehen wir nachher einkaufen?« Bunny schlüpfte ins Zimmer. »Ich brauche ... Wer ist das denn!?«

»Ich? Ich bin niemand«, erwiderte Luanna grimmig. »Ich habe noch nie gewußt, wie sehr ich ein Niemand bin. Bis jetzt!«

»Na, dann wäre das ja erledigt, wenn du aus diesem Grund hierhergekommen sein solltest«, feixte Bunny.

»Einen Augenblick! Es geht da um etwas ganz anderes! Wirklich! Luanna, ich kann dir ... Luanna??«

Irgendwann im Laufe meines hysterischen Anfalls hatte die Liebe meines Lebens ihre Taschen genommen und war verschwunden. Ich sprach nur noch mit der Luft.

»Ach, Skeevie. Was redest du überhaupt mit ihr, wenn du doch mich hast? Bin ich nicht ...«

»Papi! Kann ich ...«

»RUHE! ALLE BEIDE! Laßt mich nachdenken!«

Doch so sehr ich es versuchen mochte, der einzige Gedanke, der immer wiederkehrte, war der, daß Aahz möglicherweise recht hatte. Vielleicht machten Kinder einem doch mehr Ärger, als ich gedacht hatte.

›Bringen Sie die ganze Familie mit,
aber lassen Sie bloß die Kinder zu Hause!‹

R. McDonald

6

»Also wirklich, Schätzchen. Glaubst du im Ernst, daß das eine gute Idee ist?«

»Massha, bitte! Ich versuche, die Sache zu durchdenken. Als ich noch inmitten des Durcheinanders stand und Aahz auf mich einredete, konnte ich meine Gedanken schon nicht mehr sammeln, und wenn du jetzt auch noch anfängst, wird es mir wieder nicht gelingen. Also, hilfst du mir nun oder nicht?«

Mein Lehrling zuckte die massigen Schultern. »Also gut. Was soll ich tun?«

»Wirf einfach ein Auge auf diese beiden und sieh zu, daß sie nicht in Schwierigkeiten geraten, während ich nachdenke.«

»Ich soll sie aus Schwierigkeiten raushalten? Im Bazar zu Tauf? Sind nicht eigentlich Guido und Nunzio ...«

»Massha!«

»Schon gut, schon gut. Ich möchte jedoch zu Protokoll genommen wissen, daß ich diesen Auftrag nur unter Protest annehme.«

Ich bin mir ganz *sicher*, daß ich selbst Aahz nicht so viele Widerworte gegeben habe, als ich noch sein Lehrling war. Allerdings bricht mein Partner jedesmal, wenn ich so etwas behaupte, in schallendes Gelächter aus, so daß ich den Gedanken neuerdings lieber für mich behalte, selbst wenn er nicht anwesend ist.

Nach einigem Widerstand hatte ich mich schließlich bereiterklärt, Bunny und Markie auf einen Bummel durch den Bazar mitzunehmen. Wie ich Massha darlegte, ging es mir dabei eher darum, mich eine Weile von Aahz entfernen zu können, als Bunnys Gejammer nachzugeben, obwohl sich ihre Stimme nicht leicht überhören ließ.

Besorgt durch Aahz' wiederholte Warnungen hatte ich meinen Lehrling rekrutiert, um uns zu begleiten, damit ich Unterstützung hatte, falls etwas schieflaufen sollte. Guido und Nunzio gingen natürlich auch mit, aber die beiden waren mehr damit beschäftigt, sich um mich zu kümmern, als darum, was einer von uns anstellen könnte.

Unser Bummel nahm den Charakter einer kleineren Prozession an: zwei Leibwächter des Syndikats, ein Frauenberg in der Verkleidung einer Juweliersausstellung, ein Betthase, ein Kind und ich! Zur Abwechslung war diesmal nicht ich das »Kind« der Gruppe. Es sprach doch einiges dafür, ein echtes Kind dabeizuhaben. Dann sah man automatisch älter und irgendwie verantwortungsbewußter aus.

Wir wohnten nun bereits eine ganze Weile im Bazar, und die Händler in der Nachbarschaft hatten sich schon ziemlich an uns gewöhnt. Das heißt, sie wußten, daß ich schon von allein kommen würde, wenn ich Interesse an ihren Waren zeigte. Wenn nicht, würde kein noch so großes Anlocken und Beschwatzen mich zum Kauf bewegen. Das mag Ihnen ein wenig seltsam erscheinen, vor allem nach meinem begeisterten Bericht über all die Wunder, die man im Bazar erstehen konnte, aber ich war ganz von allein auf dieses Verhaltensmuster verfallen. Denn wenn man den Bazar nur ab und zu besucht, ist alles recht beeindruckend, und man fühlt sich gedrängt, irgend etwas zu kaufen, nur um sich ein paar einmalige Schnäppchen nicht entgehen zu lassen. Wenn man andererseits dort wohnt, so gibt es kaum noch Drang, etwas zu kaufen. Ich meine, wenn ich eine Pflanze brauche, die in einer Minute zehn Fuß wächst, dann kaufe ich mir sie ... *wenn* ich sie brauche. Bis dahin kann die Pflanze ruhig drei Türen weiter von unserem Zelt im Laden ruhen und mein Geld kann in meiner Tasche bleiben.

So verhielt es sich normalerweise. Doch war meine Lage heute alles andere als normal. Das hatte ich natürlich schon die ganze Zeit gewußt, doch hatte ich noch nicht richtig über sämtliche Konsequenzen meiner gegenwärtigen Lage nachgedacht.

Na schön. War ich eben blöd. Aber vergessen Sie nicht, daß ich diesen Bummel eigentlich nur machte, um Gelegenheit zum Nachdenken zu bekommen. Wissen Sie noch?

Möglicherweise war mir noch nicht klargeworden, wie mein Trupp aussehen mochte, doch die Täufler hatten den Unterschied schon bemerkt, bevor wir einen halben Block weit gekommen waren.

Plötzlich war jeder Täufler, dem es in den letzten beiden Jahren nie gelungen war, mir irgend etwas anzudrehen, zur Stelle, um es doch noch mal zu versuchen.

»Liebestränke! Erfolg garantiert!«

»Schlangenhalsbänder! Giftige und ungiftige!«

»Sonderrabatt für den Großen Skeeve!«

»Sonderrabatte für jeden *Freund* des Großen Skeeve!«

»Versuchen Sie unser ...«

»Kaufen Sie mein ...«

»Probieren Sie ...«

Die meisten Angebote richteten sich gar nicht direkt an mich, sondern hatten Bunny und Markie zum Ziel. Die Täufler umschwärmten sie wie ... nun ja, eben wie Täufler, die einen schnellen Gewinn witterten. Damit will ich nicht sagen, daß Guido und Nunzio keine gute Arbeit geleistet hätten. Hätten sie uns nicht den Weg gebahnt, wir wären überhaupt nicht vorangekommen.

»Meinst du immer noch, daß das eine gute Idee war, du Dickbrettbohrer?«

»Massha! Wenn du ...«

»Ich frage ja nur. Wenn du in diesem Höllenlärm

nachdenken kannst, dann hast du allerdings eine wesentlich bessere Konzentrationsfähigkeit als ich.«

Sie hatte zwar recht, doch war ich nicht bereit, es zuzugeben. Ich starrte einfach nur geradeaus, während wir dahingingen, die Ereignisse um mich herum aus den Augenwinkeln verfolgend, ohne dabei den Kopf zu bewegen.

»Skeevie! Kann ich vielleicht ...«
»Nein.«
»Schau doch mal nur ...«
»Nein.«
»Könnten wir nicht ...«
»Nein!«

Bunny wurde langsam zu einer Plage. Sie schien alles zu wollen, was sie zu Gesicht bekam. Zum Glück hatte ich die vollkommene Verteidigung entwickelt. Ich brauchte nur »nein!« auf alles zu erwidern, was mir angetragen wurde.

»Warum sind wir denn einkaufen gegangen, wenn wir dann doch nichts kaufen?«
»Na ja ...«

Soviel zu meiner vollkommenen Verteidigung. Um mich nicht völlig matt setzen zu lassen, schaltete ich sofort auf Plan B um, der einfach nur darin bestand, unsere Einkäufe auf ein Minimum zu begrenzen. Auch dabei schien ich nicht allzu erfolgreich zu sein, doch tröstete ich mich damit, indem ich mir vorstellte, mit wieviel Plunder wir uns sonst beladen hätten, wenn ich nicht rechtzeitig die Bremse gezogen hätte.

Trotz Aahz' düsterer Prophezeiungen machte Markie überhaupt keine Schwierigkeiten. Ich fand sie bemerkenswert wohlerzogen und gehorsam, und sie bat mich niemals, ihr irgend etwas zu kaufen. Statt dessen begnügte sie sich damit, Bunny auf die wenigen Verkaufsstände aufmerksam zu machen, die diese übersehen hatte, und das waren nicht viele.

Meine einzige Rettung bestand darin, daß Bunny sich anscheinend nicht für den üblichen Haufen Supersachen und Wunderplunder interessierte, den die meisten Bazarbesucher unwiderstehlich finden. Sie blieb ihrer Hauptleidenschaft beachtenswert treu – nämlich der Kleidung. Hüte, Kleider, Schuhe und Accessoires aller Art mußten ihrer kritischen Musterung standhalten.

Ich gebe zu, daß Bunny sich nicht zu irgendwelchen willkürlichen Käufen verleiten ließ. Sie hatte einen ausgezeichneten Blick für Stoffqualität und für Schnitte und einen besseren Sinn für Farbzusammenstellungen als jeder, dem ich jemals begegnet bin. Aahz hat immer behauptet, daß Alpe großen modischen Schick hätten, und ich hatte insgeheim versucht, meine eigene Garderobe an ihrem Beispiel zu orientieren. Doch ein Einkaufsnachmittag mit Bunny war eine Ausbildung für sich. Wenn es um Gespür für Kleider geht, können Alpe dem Betthasen nicht das Wasser reichen.

Je mehr ich mitansah, wie Bunny die Angebote des Bazars begutachtete, um so peinlicher wurde mir mein eigenes Aussehen bewußt. Schließlich ertappte ich mich dabei, wie ich mir ein paar Kleinigkeiten ansah, die mich selbst interessierten, und von dort war es nur noch ein kleiner Schritt bis zum Kauf.

Im Null Komma nichts hatten wir einen kleinen Berg aus Paketen mitzuschleppen. Bunny hatte ein paar Sachen gekauft, die entsprechend ihrer wechselnden Stimmung immer neue Farben aufwiesen. Dazu erstand sie eine Bluse, die ihre besonderen Reize mehr hervorhob, als daß sie sie verbarg. Ich selbst leistete mir nur wenig, doch genügte es, um den Warenberg zu vergrößern, den wir transportieren mußten. Guido und Nunzio waren von Gepäckträgerdiensten befreit, und Massha weigerte sich schlichtweg mit der Erklärung, daß es für eine große Frau schon schwierig genug sei, sich durch den Bazar zu manövrieren, ohne gleichzeitig auch noch mit Paketen jonglieren zu müssen. Angesichts der Verkaufspolitik des »Wer es kaputtmacht, muß es auch kaufen«, wie sie im Bazar vorherrschte, konnte ich gegen ihre Vorsicht kaum etwas einwenden.

Die Lösung der Gepäckfrage war schließlich doch recht einfach. Ich ließ meine magischen Kräfte ein wenig spielen und levitierte den ganzen Plunder. Eigentlich liebte ich es nicht, meine Fähigkeiten in der Öffentlichkeit zur Schau zu stellen, aber hier handelte es sich wohl um eine notwendige Ausnahme. Natürlich hätten wir ebensogut einen Leuchtturm im Schlepp haben können, wie unsere Einkäufe hinter uns herschweben zu lassen; denn das lockte die Täufler in ganzen Schwärmen von ihren Verkaufsständen herbei.

Zu meiner Überraschung begann ich die Situation zu genießen. Bescheidenheit und Anonymität sind zwar gut und schön, manchmal ist es aber auch ganz nett, wenn viel Tamtam um einen gemacht wird. Bunny hing wie ein knochenloser Falke an meinem Arm und meiner Schulter und stieß kleine Schreie des Entzückens aus ... obwohl die Tatsache, daß ich bereit war, für ihren Einkauf zu bezahlen, mindestens ebensoviel Eindruck auf sie machte wie meine kleine Magieschau, wenn nicht sogar noch mehr.

»Kann nicht behaupten, daß ich von ihrem Kleidergeschmack viel hielte«, murmelte Massha mir zu, als wir mal wieder anhielten, während Bunny in eines der Geschäfte flitzte.

Wenn ich auf irgend etwas keine Lust verspürte, so bestimmt darauf, mich jetzt auch noch in eine Diskussion über Wert und Unwert der jeweiligen Modepräferenzen Bunnys und meines Lehrlings zerren zu lassen.

»Verschiedene Typen sehen eben in unterschiedlichen Stilen anders aus«, sagte ich so taktvoll wie ich nur konnte.

»Ach ja? Und welcher Stil paßt am besten zu *meinem* Typ?«

»Ganz ehrlich, Massha, ich kann mir gar nicht vorstellen, daß du dich anders anziehen könntest.«

»Wirklich? He, danke, Skeeve! Ein Mädchen hört immer gerne mal ein paar bewundernde Geräusche über ihr Aussehen.«

Ich war mit knapper Not einer Tretmine entgangen und hielt nun verzweifelt Ausschau nach einem neuen Gesprächsthema, bevor ihr die andere Deutungsmöglichkeit meiner Aussage klar wurde.

»Äh ... hat sich Markie nicht wunderbar benommen?«

»Allerdings. Ich muß zugeben, daß ich mir erst ein bißchen Sorgen gemacht habe, als du sie mitgebracht hast, aber sie war der reinste Engel. Ich glaube nicht, daß ich jemals ein Kind gesehen habe, das so geduldig und gehorsam war.«

»Und so anspruchslos«, sagte ich. »Ich hatte eigentlich daran gedacht, ihr etwas zu kaufen, wenn wir schon hier sind, aber es fällt mir schwer, etwas Passendes zu finden. Spielzeugläden sind nicht gerade die Stärke des Bazars.«

»Machst du Witze? Der ganze Bazar ist doch nur ein einziger Spielzeugladen!«

»Massha ...«

»Schon gut, schon gut. Ja, es sind hauptsächlich

Spielzeuge für Erwachsene. Laß mich mal nachdenken. Wie alt ist sie überhaupt?«

»Ich weiß es auch nicht so genau. Sie meinte, daß sie in die dritte Klasse der Elementarschule geht ... obwohl sie es Elementalschule nannte ... also muß sie wohl ...«

Da bemerkte ich, wie Massha mich mit entsetzten, weit aufgerissenen Augen anstarrte.

»*Elemental*schule!?«

»So hat sie es genannt. Süß, nicht? Warum, was ...«

Mein Lehrling unterbrach mich, indem sie meinen Arm so fest packte, daß es schon weh tat. »Skeeve, wir müssen sie sofort wieder nach Hause bringen ... SCHNELL!!«

»Aber ich verstehe nicht ...«

»Ich erkläre es dir später! Nimm sie einfach und geh! Ich werde Bunny suchen und zurückholen, aber du mußt dich jetzt auf jeden Fall in Bewegung setzen!«

Milde ausgedrückt, fand ich ihr Verhalten verwirrend. Noch nie hatte ich Massha so aufgeregt gesehen. Doch war dies offensichtlich nicht die Zeit für Fragen, also hielt ich nach Markie Ausschau.

Sie stand mit geballten Fäusten vor einem verschlossenen Zelt und blickte es finster an.

Komisch, plötzlich waren alle so verbiestert. Erst Massha und nun auch noch Markie.

»Was ist mit dem Kind los?« fragte ich und tippte Guido dabei auf die Schulter.

»Bunny ist da drin und probiert ein paar durchsichtige Nachthemden an, und der Besitzer hat Markie hinausgejagt«, erklärte mein Leibwächter. »Es gefällt ihr nicht besonders, aber sie wird schon wieder drüber hinwegkommen. So geht es einem wohl als Kind, schätze ich.«

»Verstehe. Na, ich wollte sie sowieso gerade mit nach Hause nehmen. Könnte einer von euch hier bei ...«

»SKEEVE! HALTE SIE AUF!!«

Massha brüllte mich an. Ich drehte mich gerade zu ihr um, als es geschah, deshalb entgingen mir einige Einzelheiten.

Es gab ein plötzliches WUSCH, dann folgte das Geräusch zerreißenden Zeltstoffes und splitternden Holzes, begleitet von unzähligen Schreien und Flüchen.

Ich riß den Kopf wieder herum, und der Unterkiefer klappte mir vor Erstaunen herunter.

Das Verkaufszelt, in dem Bunny sich befand, war völlig zerfetzt. Sämtliche Waren segelten über den Bazar davon, genau wie alles andere, was vom Zelt noch übriggeblieben war. Bunny versuchte, sich mit den Händen zu bedecken und schrie sich die Seele aus dem Leib. Der Besitzer, ein besonders schmierig aussehender Täufler, brüllte Beleidigungen jedweder Art, doch richtete er seine Gefühle nicht etwa gegen die Welt im allgemeinen, sondern ganz gezielt gegen uns.

Ich war versucht, von einer Katastrophe zu sprechen, doch ein Umstand hielt mich zurück. Die Stände zu beiden Seiten von Bunnys Zelt und zwei Reihen dahinter befanden sich in einem ähnlichen Zustand. Das war keine Katastrophe, *das* war eine riesige Katastrophe, eine Verwüstung sondergleichen.

Eine Stimme sprang in meinen Kopf hinein und übertönte den ganzen Lärm der wütenden Händler. »Wer es kaputt macht, muß es auch kaufen!« sagte die Stimme, und sie sprach mit Täufleakzent.

»Was ist passiert?« keuchte ich, obwohl ich mir

nicht sicher war, ob ich mich dabei an mich selbst oder an die Götter wandte.

Massha gab Antwort.

»Markie ist passiert!« sagte sie grimmig. »Sie hat sich aufgeregt und ein Luftelemental heraufbeschworen ... Du verstehst schon, wie man es eben auf der *Elementalschule* lernt. Sieht so aus, als ob dieses Kind, wenn es mal einen Wutanfall bekommt, es gleich mit Magik tut!«

Mein Geist begriff sofort die Bedeutung ihrer Worte, ebenso schnell, wie er gleich zur nächsten Ebene überwechselte. Aahz! Ich war mir nicht sicher, was wohl schlimmer werden würde: Aahz die Neuigkeit zu berichten oder ihm mitzuteilen, wieviel es uns gekostet hatte, sie in Erfahrung zu bringen!

> ›Ein Plan muß lange gereift und in allen Phasen durchdacht sein, bevor er zur Anwendung kommt.‹
>
> Indianna Jones

7

Ich habe gehört, daß manche Leute, wenn sie deprimiert sind, sich in die Bar in ihrer Nachbarschaft zurückziehen und dort ihre Sorgen einem verständnisvollen Barkeeper erzählen. Das Problem mit dem Bazar auf Tauf (ein Problem, dessen ich mir vorher nie bewußt geworden war) besteht darin, daß es dort keine verständnisvollen Barkeeper gibt!

Dementsprechend mußte ich mich mit dem Nächstbesseren begnügen und verzog mich in das Gasthaus Zum Gelben Halbmond.

Nun meinen Sie vielleicht, daß ein Schnellimbiß nur ein erbärmlicher Ersatz für eine Bar ist. Doch gehört dieser besondere Schnellimbiß dem einzigen meiner Freunde im Bazar, der nicht mit mir zusammenwohnt. Letzteres war mir im Augenblick besonders wichtig, da ich nicht damit rechnete, in meinem eigenen Zuhause auf sonderlich viel Sympathie zu stoßen.

Gus ist ein Wasserspeier, doch trotz seines bedrohlichen Aussehens ist er eines der freundlichsten Wesen, denen ich je begegnet bin. Er hat Aahz und mir gelegentlich bei einigen unserer zweifelhaften Unternehmungen geholfen, weshalb er auch seltener als andere die Frage stellt »Wie bist du denn bloß in diese Lage gekommen?« Meistens interessiert er sich eher dafür: »Wie bist du da wieder rausgekommen?«

»Wie bist du denn bloß in diese Lage gekommen?« fragte er kopfschüttelnd.

Na ja, niemand ist vollkommen ... besonders Freunde nicht.

»Ich habe es dir doch *erzählt*, Gus. Eine einzige lausige Kartenpartie, bei der ich damit rechnete, daß ich verlieren würde. Hätte ich vorher gewußt, daß der Schuß nach hinten losgeht, dann wäre ich jedesmal ausgestiegen, das kannst du mir glauben!«

»Siehst du, das ist auch dein Problem«, sagte der Wasserspeier und ließ ein noch zahnigeres Grinsen als sonst aufblitzen. »Anstatt dich hinzusetzen und zu verlieren, würdest du besser damit fahren, erst gar nicht daran teilzunehmen!«

Diesen vernünftigen Rat belohnte ich durch ein Augenrollen.

»Ist sowieso alles nur hypothetisch. Was geschehen ist, ist geschehen. Die Frage lautet nun: ›Was soll ich jetzt tun?‹«

»Nicht so schnell. Bleiben wir doch erst einmal noch ein bißchen beim Kartenspiel. Warum hast du daran teilgenommen, wenn du ohnehin damit gerechnet hast, zu verlieren?«

»Hör mal, können wir nicht dieses Kartenspiel endlich vergessen? Also schön, da habe ich eben Mist gebaut. Ist es das, was du hören wolltest?«

»Neii-ii-in«, sagte Gus gedehnt. »Ich möchte immer noch wissen, warum du überhaupt hingegangen bist. Mach mir die Freude.«

Ich starrte ihn einen Augenblick mißtrauisch an, doch er schien es durchaus ernst zu meinen.

Dann zuckte ich die Achseln. »Der Giek hat mir eine Einladung geschickt. Ich fühlte mich ehrlich gesagt geschmeichelt. Ich dachte einfach, es wäre ein Gebot freundschaftlicher Geselligkeit ...«

»Halt!« unterbrach mich der Wasserspeier und hob die Hand. »Da liegt dein Problem.«

»Was denn?«

»Daß du versuchst, gesellig zu sein. Was ist denn los? Sind dir deine alten Freunde etwa nicht mehr gut genug?«

Das machte mich ein bißchen nervös. Ich hatte schon genug Probleme, ohne daß Gus jetzt auch noch einschnappte.

»Das ist es gar nicht, Gus. Wirklich nicht. Die ganze Mannschaft – du eingeschlossen – steht mir näher, als meine eigene Familie es jemals getan hat. Es ist nur ... ich weiß nicht ...«

»... du möchtest gemocht werden, stimmt's?«

»Ja. Ich schätze, das ist es.«

»Und das ist eben auch dein Problem!«

Das war zuviel für mich.

»Das verstehe ich nicht«, gestand ich.

Der Wasserspeier seufzte, dann fuhr er hinter die Theke. »Nimm noch einen Milchshake«, sagte er und schob mir einen zu. »Es wird jetzt vielleicht eine Weile dauern, aber ich werde versuchen, es dir zu erklären.«

Ich bilde mir gern ein, daß es ein Zeichen meines sich entwickelnden Savoir-vivre ist, daß mir inzwischen Erdbeermilchshakes schmecken. Als ich das erste Mal den Bazar besuchte, lehnte ich sie kategorisch ab, weil sie aussahen wie rosa Sumpfschlamm. Inzwischen hatte ich sogar eine milde Sucht danach entwickelt, obwohl ich in diesem Lokal immer noch nichts gegessen hätte. Andererseits war es vielleicht auch ein Anzeichen für etwas völlig anderes, wenn ich nämlich dachte, daß eine Vorliebe für Erdbeermilchshakes ein Anzeichen von Savoir-vivre sei!

»Schau mal, Skeeve«, begann Gus und nippte selbst an seinem Milchshake, »du bist ein netter Bursche ... einer der nettesten, die ich je kennengelernt habe. Du gibst dir alle Mühe, ›es richtig zu machen‹ ... zu den Leuten nett zu sein. Der Kernsatz dabei lautet: ›Du gibst dir alle Mühe.‹ Nun bist du ohnehin schon in einem Beruf tätig, der äußerst problembelastet ist. Niemand heuert einen Magiker an, weil alles in Ordnung ist. Hinzu kommt auch noch der Lebensstil, den du dir ausgesucht hast. Weil du möchtest, daß man dich mag, begibst du dich in Situationen, um die du einen weiten Bogen machen würdest, wenn es nur um deine persönliche Befriedigung ginge. Beispiel: das Kartenspiel. Wäre es dir um persönlichen Gewinn gegangen, also um Reichtum, du hättest es nicht einmal angerührt, weil du das Spiel nicht kennst. Aber du wolltest freundlich sein, also bist du in der Erwartung hingegangen, zu verlieren. Das ist nicht normal, und so ist die Sache auch auf nicht normale Weise geendet, Beispiel: Markie. Deshalb gerätst du in Schwierigkeiten.«

Ich kaute leicht auf meiner Lippe herum, während ich über seine Worte nachdachte.

»Wenn ich also nicht mehr in Schwierigkeiten geraten will, muß ich aufhören, nett zu sein? Ich bin mir nicht sicher, daß ich das kann.«

»Ich auch nicht«, stimmte der Wasserspeier mir fröhlich zu. »Und selbst wenn du es könntest, glaube ich nicht, daß ich oder irgendeiner von deinen Freunden dich dann noch mögen würden. Ich glaube nicht einmal, daß du dich dann selbst noch mögen würdest.«

»Warum rätst du mir dann, mich zu ändern?«

»Tu ich doch gar nicht! Ich weise dich lediglich darauf hin, daß es die Art, wie du bist, ist, die dich immer wieder in Schwierigkeiten bringt, und nicht etwa irgendwelche äußeren Umstände. Kurzum, wenn du dich schon nicht änderst, dann gewöhne dich wenigstens daran, in Schwierigkeiten zu geraten. Das wird noch sehr lange dein Normalzustand sein.«

Ich merkte, wie ich mir unwillkürlich die Stirn massierte.

»Danke, Gus«, sagte ich. »Ich wußte doch, daß ich mich auf dich verlassen könnte, wenn ich etwas Ermunterung brauche.«

»Nun mach es mal nicht runter. Jetzt kannst du dich wenigstens darauf konzentrieren, dein gegenwärtiges Problem zu lösen, anstatt Zeit darauf zu vergeuden, dich zu fragen, warum es existiert.«

»Komisch. Ich dachte, daß ich genau das täte. Das war doch *irgend jemand anders*, der sich unbedingt darüber unterhalten wollte, woher meine Probleme eigentlich kommen.«

Mein Sarkasmus beeindruckte den Wasserspeier nicht im geringsten.

»Richtig«, erklärte er. »Und das bringt uns zu deinem gegenwärtigen Problem.«

»Jetzt bist du endlich beim Thema. Was soll ich tun, Gus?«

»Keine Ahnung. Ich würde sagen, du steckst in einem echten Dilemma.«

Ich schloß die Augen, als mein Kopfschmerz wieder loszupochen begann.

»Ich wüßte wirklich nicht, was ich ohne dich täte, Gus.«

»He! Keine Ursache. Wozu sind Freunde schließlich da? Hoppla! Da kommt Tanda!«

Der weitere Nachteil, sich im Gasthaus Zum Gelben Halbmond einzubunkern, außer der Tatsache, daß es sich dabei nicht um eine Bar handelt, ist der, daß es direkt gegenüber meinem Zuhause auf der anderen Straßenseite liegt. So etwas taugt nicht für jemanden, der gerade versucht, seinen Mitbewohnern aus dem Weg zu gehen.

Glücklicherweise war dies hier mal eine Situation, die ich relativ mühelos meistern konnte.

»Erzähl ihr nicht, daß ich hier bin, Gus«, wies ich ihn an.

»Aber ...«

Ohne den Rest seines Protests abzuwarten, packte ich meinen Milchshake und glitt auf einen Stuhl an einem nahegelegenen Tisch, um mich sofort an einen schnellen Tarnungszauber zu machen. Als Tanda zur Tür hereinkam, sah sie in dem Schnellimbiß außer Gus nur einen dickbäuchigen Täufler, der an einem Erdbeermilchshake nippte.

»Hallo, Gus!« flötete sie. »Hast du Skeeve gesehen?«

»Er ... äh ... war vorhin mal da.« Vorsichtig mied der Wasserspeier die Lüge.

»Ach, na ja. Schätze, dann werde ich wohl fortgehen müssen, ohne mich von ihm zu verabschieden. Zu schade. Als ich ihn das letzte Mal gesehen habe, haben wir uns nämlich nicht ganz besonders gut verstanden.«

»Du gehst weg?«

Gus sagte es, bevor es aus mir selbst herausplatzte, wodurch ich meine eigene Tarnung zunichte gemacht hätte.

»Ja. Schätze, es ist wohl Zeit für mich, weiterzuziehen.«

»Ich ... äh ... habe ein paar merkwürdige Dinge über meine Nachbarn gehört, aber ich wußte nie, wieviel ich davon glauben sollte«, meinte der Wasserspeier nachdenklich. »Diese plötzliche Abreise hat nicht zufällig etwas mit dem neuen Betthasen zu tun, den man Skeeve aufgenötigt hat?«

»Bunny? Nö. Ich gebe zu, daß ich ein bißchen aufgebracht war, als ich zuerst davon hörte, aber Chumly hat mir alles erklärt.«

»Wo liegt dann das Problem?«

Gus leistete wirklich phantastische Arbeit, mir die Fragerei abzunehmen. Solange er so weitermachte, würde ich auf alles eine Antwort erhalten, ohne meine Tarnung preisgeben zu müssen.

Eigentlich hatte ich die Idee gehabt, Tanda ganz direkt zu konfrontieren, sobald ich hörte, was sie vorhatte; doch dann begriff ich, daß dies eine jener seltenen Gelegenheiten war, bei denen ich ihre Gedanken in Erfahrung bringen konnte, während sie glaubte, daß ich nicht anwesend sei.

»Na ja, es ist etwas, das Markie gesagt hat ...«

Schon wieder Markie! Ich war Aahz ganz eindeutig eine Entschuldigung schuldig.

»... sie hat einen Witz über ihren Papi gerissen, also über Skeeve, daß er mich in seinem Haus nur wohnen lasse, und das hat mich nachdenklich gemacht. Die letzten paar Jahre war alles ja recht nett ... schon beinahe zu nett. Da wir uns keine große Sorgen wegen unserer Unkosten zu machen brauchten, haben Chumly und ich nicht sonderlich viel gearbeitet. Es ist viel zu verlockend, herumzuhängen und darauf zu warten, daß irgend etwas auf uns zukommt.«

»Wirst wohl dick und faul, wie?« Gus grinste.

»Etwas in der Art. Nun kennst du mich ja, Gus. Ich war schon immer ein Springinsfeld. Bereit, auf der Stelle jeden Job anzunehmen, jeder Laune nachzugeben. Wenn mir irgend jemand damals gesagt hätte, daß ich mich mal zur Ruhe setzen würde, hätte ich ihm das Licht ausgepustet. Und jetzt habe ich plötzlich eine feste Adresse und eine Familie ... ich meine, eine Familie, die über Chumly hinausgeht. Erst als Skeeve mit Markie aufkreuzte, ist mir klargeworden, wie häuslich ich zu werden drohte. Sogar ein Kind lebt mit uns! Als ich sie das erste Mal sah, war mein erster Gedanke, daß es nett sein könnte, ein Kind im Haus zu haben! Nun frage ich dich, Gus: Klingt das vielleicht nach mir?«

»Nein, tut es nicht.«

Die Stimme des Wasserspeiers war so leise, daß ich sie kaum wiedererkannte.

»Da habe ich dann endlich durchgeblickt. Wenn ich mich nicht langsam wieder auf den Weg mache, schlage ich hier noch Wurzeln ... und zwar auf immer. Weißt du, das Schlimmste ist eigentlich, daß ich gar nicht wirklich fort möchte. Das jagt mir am meisten Angst ein.«

»Ich glaube auch nicht, daß Aahz oder Skeeve möchten, daß du gehst.«

»Nun fang bloß nicht an, mich zu bearbeiten, Gus. Die Sache fällt mir ohnehin schon schwer genug. Wie ich schon sagte, sie gehören zwar zur Familie, aber sie ersticken mich. Ich muß einfach weg, und wenn es nur für kurze Zeit ist, sonst verliere ich noch einen Teil von mir ... für immer.«

»Na, wenn du dich schon entschieden hast ... dann viel Glück.«

»Danke, Gus. Ich werde mich ab und zu mal melden. Paß ein bißchen auf die Jungs auf, damit sie sich nicht mehr Ärger einhandeln, als sie hinterher wieder verkaufen können.«

»Ich glaube nicht, daß du dir wegen Chumly Sorgen machen mußt. Der ist ziemlich vernünftig.«

»Um Chumly sorge ich mich auch nicht.«

Ich dachte, daß dies ihr Abschiedswort sein würde, doch blieb sie noch einmal stehen, eine Hand auf die Tür gelegt.

»Weißt du, wahrscheinlich ist es sogar besser, daß ich Skeeve nicht finden konnte. Ich bin mir nicht sicher, daß ich es durchgestanden hätte, so von Angesicht zu Angesicht ... aber andererseits war das vielleicht auch der Grund, warum ich ihn gesucht habe.«

Ich spürte, wie Gus' Blick sich auf mich richtete, als sie hinausschlüpfte.

»Ich vermute, es ist wohl zwecklos, dich zu fragen, warum du nichts gesagt hast, *Großer* Skeeve?«

Obwohl ich mir vorhin noch darüber Sorgen gemacht hatte, daß Gus auf mich wütend werden könnte, spielte es jetzt irgendwie keine Rolle mehr.

»Am Anfang war es Neugier«, sagte ich und löste meine Tarnung wieder auf. »Und danach wollte ich sie nicht verlegen machen.«

»Und dann, zum Schluß? Als sie gerade sagte, daß

du es ihr ausreden könntest? Warum hast du da nichts gesagt? *Willst* du etwa, daß sie verschwindet?«

Ich brachte nicht einmal mehr einen Funken Zorn auf. »Du weißt es durchaus besser, Gus«, sagte ich ruhig. »Es tut dir weh, und jetzt prügelst du auf jeden ein, der sich gerade anbietet, und das bin zufällig ich. Ich habe nicht versucht, sie zum Bleiben zu überreden, und zwar aus demselben Grund, aus dem du dich nicht noch mehr angestrengt hast. Sie hat das Gefühl, daß wir hier ersticken, und wenn sie raus will, wäre es ja wohl reichlich mies von uns, wenn wir versuchten, sie um unseretwillen hierzubehalten, nicht wahr?«

Es folgte ein tiefes Schweigen, was mir ganz recht war. Mir war nicht mehr sonderlich nach Gesprächen zumute.

Ich stand auf und schritt zur Tür.

»Du hast gerade in die andere Richtung geschaut, als sie ging«, sagte der Wasserspeier. »Vielleicht interessiert es dich zu erfahren, daß ihr Tränen in den Augen standen.«

»Mir auch«, erwiderte ich, ohne mich umzudrehen. »Deshalb habe ich ihr auch nicht nachgeschaut.«

›*Was habe ich nur falsch gemacht?*‹

Lear, König

8

Schweren Herzens begab ich mich auf den Heimweg. Ich machte mir keine Sorgen mehr darüber, daß Aahz mich anschreien könnte. Im Grunde hoffte ich sogar darauf. Sollte er es tun, so beschloß ich, würde ich zur Abwechslung einmal nichts dagegen sagen. Kurzum, ich fühlte mich fürchterlich und war in der Stimmung, Buße zu tun.

Als ich durch den Zelteingang trat, spitzte ich die Ohren und horchte auf Aahz. Genaugenommen war ich sogar ein wenig überrascht, daß ich ihn von der Straße aus noch nicht gehört hatte, war mir aber sicher, daß ich ihn ohne Schwierigkeiten im Haus würde orten können. Wie ich schon sagte, mein Partner hat keinerlei Probleme, seinen Launen Ausdruck zu verleihen, vor allem nicht seinem Zorn.

Das Haus war still.

Da nichts wackelte und rüttelte, und da auch nirgendwo Stuck von der Decke rieselte, nahm ich an, daß Aahz ausgegangen war ... wahrscheinlich auf der Suche nach mir, mit blutunterlaufenen Augen. Ich überlegte, ob ich ihn draußen suchen sollte, entschied aber, daß es besser wäre, hier auf ihn zu warten. Irgendwann würde er schon zurückkehren, also begab ich mich in den Garten, um es mir dort ein wenig bequem zu machen, bis er sich zeigte.

Was ich den Garten nenne, ist tatsächlich unser Hof. Er besitzt einen Springbrunnen und zahlreiche Gewächse, deshalb sehe ich in ihm lieber ein Stück freier Natur als ein eingefaßtes Gelände. In letzter Zeit hatte ich immer mehr Zeit dort verbracht, besonders wenn ich nachdenken wollte. Er erinnerte mich an einige der ruhigeren Flecken, an die ich mich früher zurückzuziehen pflegte, als ich noch allein im Wald lebte ... bevor ich Garkin begegnete und durch ihn Aahz.

Die Erinnerung daran ließ mich über eine merkwürdige Erscheinung nachdenken: Gab es auch andere erfolgreiche Wesen wie mich, die ihren neugewonnenen Wohlstand dazu benutzten, um die Umgebung oder Atmosphäre der Zeit vor ihrem Erfolg wiederauferstehen zu lassen? Wenn ja, war dies ein seltsamer Kreislauf.

So sehr war ich mit diesem Gedanken beschäftigt, als ich in den Garten trat, daß mir beinahe die Tatsache entging, daß ich gar nicht allein war. Jemand anders hatte gerade meinen Rückzugsort aufgesucht ... genauer gesagt: Aahz.

Er saß auf einer der Steinbänke, das Kinn in die Hände, die Ellenbogen auf die Knie gestemmt, und starrte ausdruckslos in das Wasser, das durch den Springbrunnen floß.

Ich war, milde gesagt, überrascht. Aahz war noch nie ein meditativer Typ gewesen, vor allem nicht in Krisenzeiten. Er ist eher der Typ des »Drisch-auf-irgend-jemanden-oder-irgend-etwas-anderes-ein-bis-das-Problem-verschwindet«. Doch nun war er hier, nicht aufgewühlt, nicht hin und her schreitend, einfach nur dasitzend und vor sich hin starrend. Das war unpassend genug für ihn, um mich vollends aus der Fassung zu bringen.

»Äh ... hallo, Aahz«, sagte ich zögernd.

»Hallo, Skeeve«, erwiderte er, ohne sich umzudrehen.

Einige Augenblicke lang wartete ich darauf, daß er etwas sagen würde. Er tat es nicht. Schließlich setzte ich mich neben ihn auf die Bank und starrte selbst ein bißchen ins Wasser.

So saßen wir eine ganze Weile, und keiner von uns sagte irgend etwas. Das plätschernde Wasser hatte einen beruhigenden, hypnotischen Effekt, und ich merkte, wie mein Geist begann, sich zu entspannen und loszulassen.

»War ein ganz schön anstrengender Tag, nicht, Partner?«

Instinktiv ging ich sofort in Abwehrhaltung, bevor mir klar wurde, daß Aahz immer noch mit ruhiger Stimme sprach.

»J-... ja.«

Ich wartete ab, doch er schien wieder in seine Gedanken versunken zu sein. Da ich mit meinen Nerven am Ende war, entschied ich mich zur Initiative.

»Schau mal, Aahz ... wegen Markie ...«

»Ja?«

»Ich wußte von dieser Elementalschulsache. Sie hatte es mir erzählt, als wir von Giek zurückkamen. Ich wußte lediglich nicht genug, um zu erkennen, daß es etwas Wichtiges war.«

»Ich weiß«, seufzte Aahz, ohne mich anzublicken. »Ich hatte mir nicht die Mühe gemacht, dir etwas über Elementalmagie beizubringen. Genausowenig wie ich dir kein Drachenpoker beigebracht habe.«

Gar keine Explosion! Langsam machte ich mir leichte Sorgen um meinen Partner.

»Bist du nicht böse?«

»Natürlich bin ich böse«, sagte er und gewährte mir einen flüchtigen Blick auf gebleckte Zähne, ein kaum erkennbares Lächeln. »Meinst du, ich wäre immer so jovial?«

»Ich meine, bist du nicht wütend?«

»Oh, durch das ›wütend‹ bin ich schon durch. Ich bin inzwischen bei ›nachdenklich‹ angelangt.«

Ich gelangte zu dem erstaunlichen Schluß, daß es mir besser gefiel, wenn Aahz brüllte und unvernünftig war. *Damit* wußte ich wenigstens umzugehen. Seine jetzige Stimmung war mir etwas völlig Unbekanntes.

»Worüber denkst du denn nach?«

»Über das Elternsein.«

»Über das Elternsein?«

»Ja. Du weißt doch, dieser Zustand, wenn man für ein anderes Wesen volle Verantwortung trägt? Na ja, zumindest theoretisch.«

Ich war mir nicht sicher, daß ich ihn verstanden hatte.

»Aahz? Willst du damit etwa sagen, daß du dich für das verantwortlich fühlst, was mit Markie passiert ist, weil du mir nicht mehr über Magik und Poker beigebracht hast?«

»Ja. Nein. Ich weiß es nicht.«

»Aber das ist doch Blödsinn!«

»Ich weiß«, erwiderte er mit seinem ersten ehrlichen Grinsen, seitdem ich den Garten betreten hatte. »Deshalb habe ich auch angefangen, über das Elternsein nachzudenken.«

Ich gab jede Hoffnung auf, seiner Logik folgen zu können.

»Das mußt du mir erklären, Aahz. Ich bin heute ein bißchen schwer von Begriff.«

Er richtete sich etwas auf und legte mir einen Arm um die Schulter.

»Ich werde es versuchen, aber es ist nicht leicht«, sagte er beinahe in einem heiteren Plauderton. »Weißt du, egal was ich gesagt habe, als ich dir Vorhaltungen darüber gemacht habe, wieviel Probleme Markie uns schaffen würde ... Es ist schon lange her, seit ich elterliche Pflichten hatte. Ich habe hier gesessen und versucht, mich daran zu erinnern, wie das war. Was mich so überrascht, ist die Tatsache, daß ich niemals wirklich damit aufgehört habe. Niemand tut das.«

Verlegen begann ich hin und her zu rutschen.

»Warte, laß mich ausreden. Ich versuche ausnahmsweise einmal, dir eine meiner auf schmerzliche Weise gelernten Lektionen ohne Gebrüll zu vermitteln. Vergiß alle Theorien des Elternseins! Worum es dabei wirklich geht, das ist, stolz auf Dinge zu sein, von denen man nie sicher sein kann, daß man damit zu tun hatte, und die Verantwortung und Schuld für Dinge zu übernehmen, von denen man entweder nichts wußte oder über die man keine Macht hatte. Tatsächlich ist es eigentlich sehr viel komplizierter, aber das ist immerhin das ungefähre Prinzip.«

»Du stellst es nicht besonders angenehm dar«, bemerkte ich.

»In vielerlei Hinsicht ist es das auch nicht. Dein Kind erwartet von dir, daß du alles weißt ... daß du alle Fragen beantworten kannst, die es dir stellt, und, noch wichtiger, daß du ihm eine logische Erklärung für eine im Prinzip doch unlogische Welt bieten kannst. Andererseits erwartet die Gesellschaft von dir, daß du dein Kind in allem ausbildest, was es benötigt, um zu einem erfolgreichen, verantwortungsbewußten Mitglied der Gemeinschaft zu werden ... auch wenn du das selbst nicht sein solltest. Das Problem ist, daß du nicht die einzige Wissensquelle deines Kindes bist. Freunde, Schulen, andere Erwachsene — alle steuern sie auch ihre Meinungen bei, und mit vielem davon bist du gar nicht einverstanden. Das bedeutet, daß du nie wissen kannst, ob dein Kind wegen oder trotz deines Einflusses erfolgreich ist. Entwickelt es sich aber daneben, fragst du dich ständig, ob du irgend etwas anderes hättest sagen oder tun sollen, ob du anders hättest vorgehen können, um das Ruder noch rechtzeitig herumzureißen.«

Aahz' Griff verstärkte sich ein wenig, doch ich glaube nicht, daß er es bewußt tat.

»Nun war ich kein besonders guter Vater. Ich habe mich nicht sehr viel mit meinen Kindern beschäftigt.

Das Geschäft war zwar immer eine gute Ausrede, aber in Wahrheit war ich froh, ihre Erziehung anderen zu überlassen, soweit es ging. Inzwischen weiß ich allerdings, daß ich nur Angst hatte, in meiner Unwissenheit und Unsicherheit irgendeinen schrecklichen Fehler zu begehen. Das Endergebnis war, daß einige der Kinder sich ganz gut entwickelten, und einige ... sagen wir, weniger gut. Was zurückblieb, das war das nagende Gefühl, daß ich es hätte besser machen können. Daß ich einen größeren Unterschied hätte machen können — hätte machen sollen.«

Plötzlich ließ er meine Schulter los und stand auf.
»Was uns zu dir führt.«
Ich war mir nicht sicher, ob ich mich unwohl fühlen sollte, weil er sich auf mich konzentrierte, oder froh darüber, daß er wieder auf und ab schritt.

»Ich habe dich nie bewußt als Sohn gesehen, aber im nachhinein wird mir klar, daß ein Großteil der Art, wie ich dich behandelt habe, von Schuldgefühlen meiner Zeit als Vater geprägt gewesen ist. Du warst für mich eine neue Chance, jemanden zu formen ... ihm all jene Ratschläge zu erteilen, die ich meinen Kindern eigentlich hätte geben sollen. Wenn ich gelegentlich zu heftig reagiert habe, weil die Sachen nicht so liefen, wie sie sollten, dann lag das daran, daß ich darin einen persönlichen Mißerfolg sah. Ich meine, schließlich war es doch meine zweite Chance. Eine Gelegenheit, unter Beweis zu stellen, wieviel ich aus meinen früheren erkannten Fehlern gelernt habe. Und weißt du was? Jetzt gebe ich schon mein Bestes, und *noch immer* laufen die Dinge schief!«

Seine Worte trugen nicht dazu bei, meine Stimmung zu heben. Vor allen Dingen hatte ich jetzt das Gefühl, daß ich Aahz irgendwie im Stich gelassen hatte.

»Ich glaube nicht, daß du dir selbst dafür die Schuld geben kannst, Aahz. Ich meine, du hast dir sehr viel Mühe gegeben und warst geduldiger mit mir als jeder, den ich kenne. Niemand kann einem anderen alles beibringen, auch wenn er sich daran erinnert, was er ihm eigentlich noch alles vermitteln sollte. Bei mir gibt es einen bestimmten Punkt, ab dem lerne ich nichts Neues mehr dazu, bis ich das andere erst einmal alles verdaut habe. Und selbst dann muß ich ehrlich sein und zugeben, daß es einiges gibt, was ich nicht glaube, egal, wie oft du es mir erzählst. Ich muß es eben allein herausfinden. Ein Handwerker darf es nicht auf seine eigenen Fähigkeiten schieben, wenn das Material fehlerhaft ist.«

»Genau das habe ich auch gedacht«, nickte Aahz. »Ich kann mir nicht selbst für alles die Schuld geben. Es ist sehr scharfsinnig von dir, das in deinem Alter bereits begriffen zu haben ... ohne durchmachen zu müssen, was ich durchgemacht habe.«

»Es ist keine großartige Erkenntnis, zu merken, daß ich eine Niete bin«, sagte ich verbittert. »Das habe ich schon immer gewußt.«

Plötzlich wurde ich in die Luft gehoben. Ich sah an Aahz' Hand vorbei, die mein Hemd am Kragen gepackt hielt, an seinem Arm hinab, direkt in seine gelben Augen.

»Falsche Lektion!« fauchte er ganz wie der alte vertraute Aahz. »Was du lernen solltest, ist nicht, daß du eine Null bist. Das bist du nämlich nicht, und wenn du zugehört hättest, hättest du gemerkt, daß ich dir deswegen gerade ein Kompliment gemacht habe.«

»Was ist dann ...«, gelang es mir hervorzupressen, schließlich hatte ich nicht mehr sehr viel Luft.

»Worum es geht, ist die Tatsache, daß das, was in der Vergangenheit passiert ist, nicht *mein* Fehler war, ebensowenig wie das, was jetzt passiert, *dein* Fehler ist!«

»Aaggh ... örk ...«, war meine schnelle Erwiderung.

»Ach so! Entschuldigung.«

Meine Füße prallten auf den Boden, und Luft strömte wieder in meine Lungen.

»Alles, was Eltern, *alle* Eltern, geben können, ist ihr Bestes, so gut oder schlecht das auch sein mag.« Aahz fuhr fort zu reden, als hätte es nicht die geringste Unterbrechung gegeben. »Das Endergebnis hängt von so vielen Faktoren ab, daß kein einzelner Mensch Verantwortung, Schuld oder Lob für das in Anspruch nehmen kann, was geschieht. Das ist wichtig für meinen Umgang mit dir ... und wichtig auch für deinen Umgang mit Markie. Es ist nicht deine Schuld!«

»Ist es nicht?«

»Richtig. Wir haben beide sehr starke elterliche Züge in uns, obwohl ich nicht weiß, woher du deine hast, aber wir können nur versuchen, unser Bestes zu geben. Wir müssen daran denken, daß wir nicht versuchen dürfen, uns die Schuld für das aufzuhalsen, was andere tun ... wie Tanda beispielsweise.«

Das ernüchterte mich wieder. »Du weißt also davon, wie?«

»Klar. Sie hat mir gesagt, ich soll dir für sie auf Wiedersehen sagen, falls sie dich nicht finden sollte, aber ich schätze, du weißt es sowieso schon.«

Ich nickte nur, unfähig zu sprechen.

»Ich hatte mir ohnehin schon Sorgen darüber gemacht, wie du auf die Probleme mit Markie reagieren würdest, und als Tanda davonging, wußte ich, daß es dir schwerfallen würde. Ich habe versucht, dir einen Weg zu der Erkenntnis aufzuzeigen, daß du nicht allein bist. Richtig oder falsch, das, was du fühlst, hängt schon eine ganze Weile hier in der Luft.«

»Danke, Aahz.«

»Hat es dir ein bißchen geholfen?«

Ich dachte einen Augenblick nach.

»Ein bißchen.«

Mein Partner stieß erneut ein tiefes Seufzen aus.

»Nun«, sagte er, »ich habe es versucht. Das ist wohl das Wichtigste ... glaube ich.«

»Hallo, Kumpels. Wie geht es denn so?«

Ich hob den Blick und sah, wie Chumly auf uns zukam, fröhlich lächelnd. »Ach. Hallo, Chumly.«

»Ich dachte, ihr würdet es gerne erfahren«, verkündete der Troll. »Ich glaube, ich habe eine Möglichkeit gefunden, wie wir dem Syndikat den Schaden, den Markie heute nachmittag angerichtet hat, als Betriebsausgaben verkaufen können!«

»Ist ja toll, Chumly«, erwiderte Aahz trübe.

»Ja. Klasse.«

»Hoppla! Hoppla?« sagte er und legte den Kopf schräg. »Wenn die beiden größten Raffzähne im Bazar sich durch Geld nicht mehr aus dem Häuschen bringen lassen, muß irgend etwas nicht in Ordnung sein. Heraus damit. Wo drückt euch der Schuh?«

»Willst du es ihm sagen, Aahz?«

»Nun ...«

»Ach, das hängt doch wohl nicht damit zusammen, daß meine kleine Schwester das Nest verläßt? Oh, das ist aber lustig.«

»Du weißt es schon?« Ich blinzelte.

»Ich merke schon, daß du deswegen völlig niedergeschlagen bist«, sagte Aahz mit gefährlichem Unterton.

»Blödsinn!« rief der Troll. »Weiß überhaupt nicht, weshalb man sich darüber aufregen sollte. Tanda will sich lediglich Klarheit über sich selbst verschaffen, das ist alles. Sie hat festgestellt, daß sie etwas mag, was gegen ihr Selbstverständnis verstößt. Es mag vielleicht ein paar Tage dauern, aber irgendwann wird sie schon merken, daß so etwas nicht das Ende der Welt bedeutet. Da muß jeder mal durch. Man nennt das ›Erwachsenwerden‹. Ich finde es eher ziemlich gut, daß sie endlich lernen muß, daß die Dinge nicht immer so bleiben, wie sie sind.«

»Findest du?« Plötzlich begann ich mich besser zu fühlen.

»Natürlich. Herrje, seit wir Kumpels sind, hat Aahz sich verändert, du hast dich verändert, ich auch, auch wenn ich es nicht so dramatisch zur Schau stelle wie ihr beiden oder meine kleine Schwester. Ihr Burschen habt einen schlimmen Anfall von Schuldgefühl. Unfug! Ihr könnt euch schießlich nicht für alles die Schuld anlasten.«

»Das ist ein guter Rat«, sagte ich, stand auf und streckte mich. »Warum kannst du mir eigentlich nicht auch mal solche guten Ratschläge geben, Partner?«

»Weil das jeder Blödmann von allein erkennen kann, ohne daß man es ihm erst sagen muß«, knurrte Aahz, aber in seinen Augen war ein Glitzern. »Das Problem ist, daß die Perfekten nicht irgendwelche Blödmänner sind.«

»Ganz genau«, grinste Chumly. »Und was haltet ihr jetzt davon, mir bei etwas Wein fröhliche Gesellschaft zu leisten, während ich euch klarmache, was für ein gerissener Geldsparer ich doch bin!«

»Mir wäre es lieber, du würdest uns eine Lösung für unser Babysitter-Problem liefern«, sagte mein Partner grimmig und schritt auf das Wohnzimmer zu.

Ich folgte den beiden, auf merkwürdige Weise

glücklich. Alles war wieder normal ... zumindest so normal, wie es hier in der Gegend nur sein konnte. Ganz unter uns: Ich war überzeugt davon, daß wir uns schon etwas Entsprechendes einfallen lassen würden. Ich meine, wieviel Schwierigkeiten konnte einem ein kleines Mädchen denn schon machen ...

Dieser Gedanke zerbarst vor dem geistigen Bild der von den Elementalen zerfetzten Zelte.

Ich beschloß, im bevorstehenden Kriegsrat mehr zuzuhören als zu reden.

> *›Die lassen einen doch nie in Frieden.*
> *Da macht man mal EINEN winzigen Fehler ...!‹*
>
> Nero

9

Während ich mit Aahz und Chumly trank, spürte ich, wie die Spannungen und Depressionen des Tages von mir wichen. Es war gut zu wissen, daß ich in Krisenzeiten Freunde besaß, die mir bei der Lösung meiner Probleme halfen, so kompliziert oder scheinbar hoffnungslos diese auch sein mochten.

»Nun«, sagte ich und schenkte eine weitere Runde Wein aus. »Irgendwelche Ideen, was wir tun sollen?«

»Nicht die leiseste Ahnung«, erklärte Chumly, während er mit seinem Kelch spielte.

»Ich meine immer noch, daß es *dein* Problem ist«, verkündete Aahz, lehnte sich in seinem Sessel zurück und grinste bösartig. »Ich meine, schließlich bist du ja auch ohne unsere Hilfe da hineingeraten.«

Wie ich schon sagte, es ist großartig, Freunde zu haben.

»Kann nicht behaupten, daß ich dem ganz zustimme, Aahz, alter Knabe«, wägte der Troll ab. »Wenngleich ich zugeben muß, daß es verlockend klingt. Aber die unglückliche Wirklichkeit sieht so aus, daß seine Probleme auch die unseren sind, solange wir so eng zusammenleben und -wohnen, wie wir es tun, nicht wahr?«

So sehr ich es auch zu schätzen wußte, daß Chumlys Logik mir ein wenig Unterstützung brachte, spürte ich doch das Bedürfnis, mich ein wenig zu verteidigen.

»Ich sehe so etwas gerne als Sache von Gegenseitigkeit, Aahz. Schließlich bin auch ab und zu mal in ein paar von deinen Problemen verwickelt worden.«

Aahz wollte schon etwas zurückfauchen, doch dann schürzte er die Lippen und widmete sich wieder dem Wein. »Ich werde darauf verzichten, genau aufzulisten, wer wen wie oft in wieviel Schwierigkeiten gebracht hat, und deiner Einschätzung einfach zustimmen. Schätze, darum geht es überhaupt bei Partnerschaften. Tut mir leid, wenn ich von Zeit zu Zeit ein wenig garstig erscheine, aber ich habe noch nie einen Partner gehabt. Daran muß ich mich erst gewöhnen.«

»He! Wohlgesprochen, Aahz!« applaudierte Chumly. »Weißt du, du wirst von Tag zu Tag zivilisierter.«

»Wir wollen es doch nicht gleich übertreiben! Wie steht es eigentlich mit dir, Chumly? Du und deine Schwester, ihr habt uns schon oft genug geholfen, aber ich kann mich nicht daran erinnern, daß einer von euch jemals *seine* Probleme mit nach Hause geschleppt hätte. Ist das nicht ein bißchen einseitig?«

»Ich fand immer, daß das im gewissen Sinne unser Beitrag zur Miete wäre«, sagte der Troll beiläufig. »Wenn unsere Probleme jemals eure Arbeit beeinträchtigen sollten, käme ich wohl zu dem Schluß, daß wir eure Gastfreundschaft überstrapaziert hätten.«

Das war für mich eine völlige Überraschung. Mit einem Schrecken erkannte ich, daß ich normalerweise so sehr mit meinen eigenen Problemen und meinem Leben beschäftigt gewesen war, daß ich nie dazu gekommen war, viel danach zu fragen, was Chumly und Tanda eigentlich taten.

»Hoppla, einen Augenblick mal«, sagte ich. »Habt ihr beide etwa Probleme, von denen ich nichts weiß?«

»Na, es läuft auch nicht immer alles wie geschmiert«, meinte der Troll und schnitt dabei eine Grimasse. »Das eigentliche Thema im Augenblick sind jedoch *deine* Probleme. Bei mir liegt gerade nichts Dringenderes an, also sollten wir uns wohl besser daran machen, die jüngste Krise zu meistern, nicht wahr? Ich schätze, wir sollten alle mal unsere Denkkappen aufsetzen und uns ein wenig beraten. Starren wir doch einfach an die Decke und bringen wir unsere Ideen hervor, wie sie eben kommen.«

Im geheimen nötigte ich mir selbst das Versprechen ab, zu einem späteren Zeitpunkt auf Tandas und Chumlys Probleme zurückzukehren, dann schloß ich mich den anderen dabei an, gedankenverloren die Decke anzustarren.

Die Zeit kroch dahin, und niemand sagte irgend etwas.

»Nun, soviel zu unserem Gedankenaustausch«, meinte Aahz schließlich und griff erneut nach dem Wein. »Ich muß gestehen, daß bei mir nichts als Leere herrscht.«

89

»Vielleicht hilft es, wenn wir damit beginnen, das Problem zu definieren«, drängte Chumly ihn. »Also so, wie ich das sehe, haben wir zwei Probleme: Markie und Bunny. Es wird schwierig sein zu entscheiden, was wir wegen Bunny unternehmen sollen, bevor wir wissen, was Don Bruce im Schilde führt; und wir müssen eine Möglichkeit finden, Markie daran zu hindern, unser Leben völlig durcheinanderzubringen, so lange, bis ihr Vater kommt, um sie abzuholen.«

»*Falls* er sie abholen sollte«, berichtigte mein Partner ihn.

»Ich gebe zu, daß ich immer noch nicht begreife, wie du so gut spielen konntest, um Markie zu gewinnen«, sagte der Troll, während er sein überdimensionales Auge auf mich richtete.

»Nichts als tumbes Glück ... mit der Betonung auf *tumb*.«

»Das hat man mir aber anders erzählt«, feixte Chumly. »Was immer deine Methode auch gewesen sein mag, sie war jedenfalls erfolgreich genug, um dich im Bazar zum Gesprächsthema Nummer eins zu machen.«

»Was!?« rief Aahz und richtete sich in seinem Sessel wieder auf.

»Wenn du nicht die ganze Zeit damit verbringen würdest, auf deinem Zimmer zu schmollen, hättest du auch schon davon gehört«, sagte der Troll blinzelnd. »Als ich heute der kleinen Schwester nachging, bekam ich kaum etwas anderes zu hören als Berichte über den neuen Drachenpokermeister von Tauf. Alles spricht nur noch über das Spiel oder davon, was sie über das Spiel gehört haben. Ich vermute, daß man einiges ausgeschmückt hat, so, wi manche der Spiele beschrieben werden, aber es gi auch welche, die nehmen solche Berichte wie das reinste Evangelium.«

Ich erinnerte mich daran, daß die anderen Spieler nach Abbruch der Partie sich äußerst begeistert über mein Spiel geäußert hatten. Damals hatte ich mir Sorgen darüber gemacht, daß Aahz von meinem geheimen nächtlichen Ausflug erfahren könnte, was er, wie Sie sich erinnern werden, auch schon getan hatte, noch bevor ich zu Hause ankam. Danach hatten mich die Probleme mit Markie und Bunny die ganze Zeit beschäftigt, so daß ich noch gar keine Gelegenheit dazu gehabt hatte, über weitere mögliche Folgen des Spielertratsches nachzudenken. Jetzt dagegen ...

Aahz war aufgesprungen und schritt im Zimmer auf und ab.

»Chumly, wenn das, was du da sagst, stimmt ... Hast du das gehört, Partner?«

»Nur zu verdammt gut«, knurrte ich.

Diese Antwort ließ meinen Partner einen Augenblick innehalten, um mit den Augen zu rollen.

»Paß bloß auf«, ermahnte er mich. »Du fängst schon an zu reden wie Chumly.«

»Möchtest du etwa lieber, daß ich wie Guido rede, wenn du weißt, was ich meine?«

»Ich verstehe nicht«, unterbrach der Troll. »Stimmt hier irgend etwas nicht?«

»Wir haben nicht nur zwei Probleme«, verkündete Aahz. »Wir haben *drei!* Markie, Bunny *und* die Tratschmühle!«

»Tratsch? Wieso sollte der ein Problem sein?«

»Denk doch mal nach, Chumly«, sagte ich. »Alles, was mir jetzt noch fehlt, ist ein Haufen wildgewordener Drachenpokerspieler, die hinter mir herjagen, nur um festzustellen, ob ich wirklich so gut bin, wie alle behaupten.«

»Das ist nur ein Teil des Problems, Partner«, fügte Aahz hinzu. »Das könnte nämlich auch unserem Geschäft und unserem öffentlichen Image schaden.«

Ich schloß die Augen und seufzte.

»Erklär es mir, Aahz. Schließlich bin ich noch in der Lehre, wie du dich vielleicht erinnerst.«

»Nun, wir wissen bereits, daß dein Ruf als Magiker sich sehr schnell entwickelt hat ... beinahe zu schnell. Die Konkurrenz haßt dich, weil du alle fetten Aufträge bekommst. Kein Problem! Konkurrenzneid ist immer der Preis für den Erfolg. Es kann jedoch zu einem Punkt kommen, da du zu schnell zu groß wirst. Dann sind es nicht mehr nur deine Rivalen, deretwegen du dir Sorgen machen mußt. Dann wollen dich alle ein oder zwei Stufen zurückgesetzt wissen, und sei es auch nur, um sich selbst davon zu überzeugen, daß dein Erfolg unnormal war ... daß sie sich nicht mies fühlen müssen, weil sie nicht mit dir Schritt halten konnten.«

Er blieb stehen, um mich eindringlich zu mustern.

»Ich fürchte, daß diese Drachenpokergeschichte dich möglicherweise in die zweite Kategorie zurückwerfen könnte. Hier im Bazar gibt es einen Haufen Leute, die zwar auf einem Gebiet herausragend sind, aber immer nur auf einem. Der Giek ist beispielsweise eine anerkannte Figur unter den Spielern, doch hat er keinen nennenswerten Ruf als Magiker oder Händler. So etwas können die Leute akzeptieren ... Wenn du hart arbeitest, kommst du innerhalb deiner Gruppe eben nach oben. Du aber hast gerade auch noch in einem zweiten Beruf beachtliche Fähigkeiten unter Beweis gestellt. Ich fürchte, es könnte einen Rückschlag geben.«

»Rückschlag?« wiederholte ich matt.

»Es ist so, wie ich es dir zu erklären versucht habe:

Die Leute werden das nicht mögen, wenn du dich allzu sehr über sie erhebst. Das Mindeste, was sie tun können, ist, unser Geschäft zu boykottieren. Und das Schlimmste ... Nun, es gibt jede Menge Möglichkeiten, den Erfolg anderer zu sabotieren.«

»Du meinst, sie werden ...«

»Das genügt!« erklärte Chumly und klatschte die Handfläche laut auf den Tisch.

Ich erkannte plötzlich, daß ich Chumly noch niemals wütend erlebt hatte. Außerdem fiel mir ein, daß ich froh war, daß unsere Möbel kräftig genug waren, um selbst Aahz' Tiraden auszuhalten. Sonst hätte der Troll gleich den ganzen Tisch vernichtet, nur um unser Gespräch zu unterbrechen.

»Jetzt hört mir mal zu, alle beide!« befahl er und zeigte mit einem knorpeligen Finger auf uns. »Ich glaube, die jetzige Krise ist euch zu Kopf gestiegen. Ihr seht schon Gespenster. Ihr macht Jagd auf Schatten! Ich gebe ja zu, daß wir ein paar Probleme haben, aber da haben wir schon mit Schlimmerem zu tun gehabt. Das ist jetzt nicht die Zeit, um in Panik zu geraten.«

»Aber ...«

»Laß mich ausreden, Aahz. Ich habe dir auch oft genug beim Brüllen zugehört.«

Ich öffnete den Mund, um eine witzige Bemerkung zu machen, doch dann überlegte ich es mir ausnahmsweise einmal anders.

»Markie stellt eine potentielle Katastrophe dar, aber der Schlüsselbegriff dabei ist das Wort *potentiell*. Sie ist ein liebes Kind, das tun wird, was wir sagen ... *sofern* wir lernen, vorsichtig mit dem zu sein, was wir ihr sagen. Und das gilt auch für Bunny. Die ist blitzgescheit und ...«

»Bunny?« platzte ich heraus, mich selbst einen Augenblick vergessend.

»Ja, Bunny. Es ist lange her, seit ich mich hier mit jemandem über Literatur und Theater unterhalten konnte. Sie ist wirklich recht intelligent, wenn man sich einmal die Mühe macht, sich mit ihr zu unterhalten.«

»Wir sprechen doch *wirklich* über dieselbe Bunny, nicht wahr?« murmelte Aahz.

»Über die Bunny, die stumpfsinnig wie ein Stein rüberkommt«, bestätigte Chumly spitz. »Erinnere dich doch nur einmal daran, wie *ich* rüberkomme, wenn ich meine Großer-Krach-Nummer abziehe ... aber wir schweifen vom Thema ab. Das Thema sind die Probleme, und ich behaupte, daß Bunny mit ein bißchen Einweisung keins sein wird.«

Er hielt inne, um uns anzufunkeln.

»Was nun die Gerüchte über Skeeves Fähigkeiten beim Drachenpoker angeht, so habe ich noch nie jemanden erlebt, der derartig in Panik gerät wie du, Aahz. Natürlich, jedes Gerücht hat seine negativen Seiten, aber man muß schon verdammt extrem werden, um solche Projektionen loszulassen, wie du es gerade getan hast.«

»He, Boß!« rief Guido und steckte den Kopf durch die Tür. »Der Giek ist hier, er will dich sprechen.«

»Das werde ich erledigen«, sagte Aahz und schritt zum Empfangstrakt. »Du bleibst hier und hörst, was Chumly dir zu sagen hat. Wahrscheinlich hat er recht. Ich bin in letzter Zeit ein wenig nervös ... aus irgendeinem unerfindlichen Grund.«

»Wenn ich recht habe, dann solltest du es dir auch anhören«, rief der Troll ihm nach.

»Sprich mit mir, Chumly«, sagte ich. »Eine deutlichere Entschuldigung wirst du von Aahz jedenfalls kaum zu hören bekommen.«

»Ganz recht. Wo war ich stehengeblieben? Ach ja.

Selbst wenn Aahz' Einschätzung der Reaktionen auf deinen Erfolg richtig sein sollte, dürfte sich das auf deine Arbeit nicht allzu sehr auswirken. Dann gehen die kleinen Fische vielleicht zu anderen Magikern, aber du warst ja ohnehin schon dabei, die unwichtigeren Aufträge mehr und mehr abzulohnen. Wenn jemand *wirklich* Schwierigkeiten hat, dann wird er auch den besten Magiker haben wollen, den er bekommen kann ... und das bedeutet im Augenblick — dich.«

Ich wog seine Worte im Geiste sorgfältig ab.

»Selbst wenn Aahz auch nur ein bißchen recht haben sollte«, meinte ich, »bin ich trotzdem nicht wild darauf, daß es im Bazar meinetwegen böses Blut gibt. Gegen Bewunderung habe ich nichts, aber Neid macht mich nervös.«

»Also daran wirst du dich einfach gewöhnen müssen«, lachte der Troll und klopfte mir leicht auf die Schulter. »Ob du es weißt oder nicht, Neid hat sich schon eine ganze Weile aufgebaut ... schon lange vor dieser Drachenpokersache. Für dich spricht eine ganze Menge, Skeeve, und solange dem so ist, wird es immer Burschen geben, die dir deinen Erfolg mißgönnen.«

»Du meinst also wirklich, daß die Drachenpokergerüchte harmlos sind?«

»Ganz genau. Wirklich, was soll ein bißchen Tratsch schon für einen Schaden anrichten?«

»Weißt du, Chumly, du irrst dich nicht häufig, aber wenn du dich irrst, dann ordentlich.«

Wir blickten auf und sahen, wie Aahz in der Türöffnung lehnte.

»Was ist los, Aahz? Du siehst aus wie jemand, dem man gerade Wasser serviert hat, als er mit Wein gerechnet hat.«

Mein Partner lächelte nicht einmal bei meinem Versuch, humorvoll zu sein.

»Noch schlimmer«, sagte er. »Das dort unten war der Giek.«

»Das wissen wir. Was wollte er denn?«

»Ich hatte eigentlich gehofft, daß er gekommen wäre, um Markie zu ihrem Vater zu bringen ...«

Aahz' Stimme verstummte.

»Und ich vermute, das hat er nicht getan?« ermunterte ich ihn zum Weiterreden.

»Nein, hat er nicht. Genaugenommen kam das Thema überhaupt nicht zur Sprache.«

Beinahe ohne nachzudenken hatte die Hand meines Partners seinen überdimensionalen Weinpokal gepackt.

»Er hatte eine Einladung ... nein, nennen wir es Herausforderung. Das Pfefferminz-Kind hat von Skeeve gehört. Er will ein Drachenpokerduell. Der Giek ist für die Organisation zuständig.«

> *Ein Löffelchen Zucker,*
> *und schon schmeckt die Medizin!*
>
> L. Borgia

10

»Laß die Energie einfach fließen.«
 »Du hast leicht reden!«
 »Hab ich gestottert?«

»Weißt du, Schätzchen, vielleicht wäre es besser, wenn ich ...«

»Hör auf zu reden und konzentriere dich, Massha.«

»Du hast angefangen.«

»Und jetzt beende ich es auch. Konzentriere dich auf die Kerze!«

Wenn sich einige dieser Geräusche vertraut anhören sollten, nun, das ist auch kein Wunder. Es handelt sich dabei um das alte »Entzünde die Kerze«-Spiel. Theoretisch soll damit das Selbstvertrauen des Schülers aufgebaut werden. In der Praxis ist es jedoch ziemlicher Unsinn. Lehrlinge hassen den Kerzendrill. So ging es mir auch, als ich noch Lehrling war. Die Sache macht sehr viel mehr Spaß, wenn man der Lehrer ist.

»Komm schon, Skeeve. Ich bin zu alt, um noch diesen Quatsch zu lernen.«

»Und je länger du es hinauszögerst, um so älter wirst du, *Lehrling*. Vergiß nicht, du bist zu mir gekommen, um Magik zu lernen. Nur weil wir uns gelegentlich davon haben ablenken lassen, heißt das noch lange nicht, daß ich es vergessen hätte. Jetzt entzünde die Kerze.«

Sie wandte sich wieder der Übung zu, mit einem Brummen, das ich jedoch nicht beachtete.

Ich hatte angestrengt über mein Gespräch mit Aahz und Chumly nachgedacht. Die ganze Frage, was ich wegen der Herausforderung des Kindes unternehmen sollte, war heikel genug, um mich davon zu überzeugen, erst den Rat meiner Ratgeber einzuholen, bevor ich mich auf etwas festlegte, das ich später möglicherweise bereuen würde. Im Augenblick waren klügere Köpfe als ich damit beschäftigt, eine Lösung für dieses Dilemma zu finden. Leider waren besagte klügere Köpfe sich völlig uneins darüber, wie nun vorzugehen sei.

Aahz war dafür, die Partie auszuschlagen, während Chumly darauf beharrte, daß eine Weigerung alles nur noch anheizen würde. Er blieb dabei, daß es der einzig vernünftige Weg sei, sich dem Kind zu stellen und zu verlieren (denn niemand glaubte ernsthaft, daß ich bei einem solchen Spiel auch nur die geringste Chance hätte), wodurch ich ein für allemale den Schleudersitz wieder loswürde, auf den ich mich unfreiwillig gesetzt hatte. Das Hauptproblem bei dieser Lösung bestand darin, daß es dazu erforderlich war, sich von einer erklecklichen Summe Geldes zu trennen ... und davon wollte Aahz absolut nichts wissen.

Während die Schlacht weitertobte, dachte ich über das Elternsein und über Verantwortung nach. Dann ging ich Massha suchen.

Als wir uns das erste Mal begegnet waren, hatte Massha einen Job als Hofzauberin in einem der Stadtstaaten der Dimension von Jahk ... Ja, ganz genau! Dort, wo jedes Jahr das Große Spiel abgehalten wird. Das Problem war nur, daß sie gar keine wirkliche Magik beherrschte. Sie war, was man in der Branche eine Mechanikerin nennt, und alle ihre Kräfte hatte sie sich in Form von Ringen, Anhängern und anderen magischen Geräten über die Ladentheke zuschieben lassen. Als sie mitansah, wie wir während des Großen Spiels unsere Nummern abzogen, entschied sie sich, auch ein wenig von der nichtmechanischen Seite der Magik zu lernen. Und aus irgendeinem unbekannten Grund suchte sie sich ausgerechnet mich als Lehrer aus, oder vielmehr piesackte sie mich so lange, bis ich eingewilligt hatte.

Nun hatte ich Massha gelinde gesagt niemals in

meinem Leben als Tochter betrachtet, doch war sie immerhin mein Lehrling, und folglich war ich auch für sie verantwortlich. Leider war ich dieser Verantwortung mehr als einmal aus dem Weg gegangen, und zwar aus eben denselben Gründen, die Aahz aufgezählt hatte: Ich war mir meiner eigenen Fähigkeiten unsicher und fürchtete daher, ich könnte einen Fehler machen. Niemals hatte ich versucht, ihr auf Gedeih und Verderb mein Bestes zu geben. Diese Erkenntnis spornte mich an, dafür zu sorgen, daß, sollte Massha in Zukunft irgend etwas zustoßen, es wenigstens nicht an meinen fehlenden Bemühungen gelegen haben sollte, ihr beizubringen, was sie hatte lernen wollen.

Bewußt war ich mir auch, daß ich gern mehr darüber erfahren wollte, welche Probleme Chumly und Tanda haben mochten, und ich wollte auch genauer feststellen, was es mit Bunny denn nun wirklich auf sich hatte. Im Augenblick war Tanda jedoch nicht da und Chumly diskutierte mit Aahz, so daß ich diese Absicht noch nicht in die Tat umsetzen konnte. Bunny war zwar irgendwo in der Nähe, doch wenn ich schon die Wahl zwischen ihr und Massha hatte, war es mir lieber, erst einmal meine alten Verpflichtungen zu erledigen, bevor ich neue auf mich nahm. Daher schleppte ich Massha zu einer schon lange überfälligen Magiklektion ab.

»Es funktioniert einfach nicht, Skeeve. Ich habe dir doch gesagt, daß ich es nicht kann.«

Niedergeschlagen sank sie in ihren Sessel und musterte mit finsterer Miene den Fußboden. Neugierig geworden streckte ich den Arm aus und befühlte den Kerzendocht. Er war nicht einmal warm.

»Nicht schlecht«, log ich. »Du machst Fortschritte.«

»Nun versuch bloß nicht, eine Betrügerin zu betrügen.« Massha schnitt eine Grimasse. »Ich komme überhaupt nicht voran.«

»Könntest du die Kerze mit einem deiner Ringe entzünden?«

Sie spreizte die Finger und machte schnell Inventur. »Klar. Dieses kleine schmucke Stück hier würde das schon erledigen, aber darum geht es ja nicht.«

»Nicht so ungeduldig. Wie funktioniert es? Oder, noch wichtiger, wie fühlt es sich an, wenn es funktioniert?«

Schnell zuckte sie mit den Schultern.

»Da ist doch nichts dabei. Schau mal, dieser Kreisring hier um den Stein bewegt sich, ich kann damit die Stärke des Strahls einstellen. Wenn ich den hinteren Teil des Rings drücke, aktiviere ich ihn damit, danach brauche ich nur noch zu zielen und kann mich entspannen. Den Rest erledigt schon der Ring für mich.«

»Das ist es!« rief ich und schnippte mit den Fingern.

»Was ist was?«

»Egal. Mach weiter. Wie fühlt es sich an?«

»Hm«, meinte sie nachdenklich mit gerunzelter Stirn, »es prickelt irgendwie. Es ist so, als wäre ich ein Schlauch und als würde das Wasser durch mich rauschen, um aus dem Ring hervorzutreten.«

»Bingo!«

»Was soll das denn nun schon wieder heißen?«

»Hör zu, Massha. Hör genau zu.«

Ich sprach jetzt besonders vorsichtig und versuchte mein Bestes, meine Aufregung über etwas zu zügeln, was hoffentlich ein wichtiger Durchbruch war.

»Unser Problem, dir nichtmechanische Magik beizubringen, besteht darin, daß du nicht an sie glaubst! Ich meine, du weißt zwar, daß sie existiert und so, aber du glaubst nicht, daß du auch dazu fähig wärst.

Jedesmal, wenn du versuchst, einen Zauber durchzuführen, strengst du dich zwar an, dieses Problem zu überwinden, und genau da liegt auch das Problem: Du versuchst es, du arbeitest hart daran. Du weißt, daß du daran glauben mußt, also versuchst du jedesmal angestrengt, deinen Unglauben zu überwinden, wenn du ...«

»Ja. Na und?«

»Du verkrampfst dich, anstatt dich so zu entspannen, wie du es tust, wenn du mit deinen Ringen arbeitest. Verkrampfung aber blockiert den Energiestrom, so daß du schließlich weniger Kraft zur Verfügung hast, als wenn du einfach nur umherschlendern würdest. Das Geheimnis beim Zaubern besteht nicht darin, daß man sich verkrampft, sondern daß man sich im Gegenteil entspannt ... Wenn überhaupt, so handelt es sich dabei um eine Übung in erzwungener Entspannung.«

Mein Lehrling nagte an ihrer Unterlippe. »Ich weiß nicht. Das klingt mir ein bißchen zu einfach.«

»Auf der einen Seite ist es auch sehr einfach. Andererseits gehört es zu den schwierigsten Dingen überhaupt, sich auf Befehl zu entspannen, vor allem dann, wenn um einen herum gerade eine Krise tobt.«

»Ich brauche mich also nur zu entspannen?« fragte sie skeptisch.

»Denk doch mal an das ›Schlauch‹-Gefühl, das du hast, wenn du den Ring verwendest. Das sind die Energien, die durch dich hindurchgelenkt werden, die auf dein Ziel konzentriert werden. Und wenn du einen Schlauch abklemmst, wieviel Wasser kommt dann wohl noch heraus?«

»Hm, das klingt ganz vernünftig.«

»Versuch es ... jetzt sofort. Streck die Hand aus und konzentriere dich auf den Kerzendocht, als wolltest du deinen Ring benutzen, nur daß du ihn nicht aktivierst. Sage dir selbst einfach, daß der Ring aktiviert wäre, und entspanne dich.«

Sie wollte etwas erwidern, doch dann überlegte sie es sich anders. Statt dessen atmete sie tief ein, atmete wieder aus und richtete einen Finger auf die Kerze.

»Entspann dich nur«, drängte ich sie leise. »Laß die Energien fließen.«

»Aber ...«

»Sag nichts. Konzentriere dich einfach nur auf die Kerze und hör mir so zu, als würde ich von ganz weit entfernt zu dir reden.«

Gehorsam konzentrierte sie sich auf die Kerze.

»Spür den Fluß der Energien ... genau wie beim Benutzen des Rings. Entspann dich noch weiter. Spürst du, wie der Strom stärker wird? So, und ohne dich jetzt zu verkrampfen, bündelst du den Strom zu einem dünnen Strahl und richtest ihn gegen den Docht.«

Ich konzentrierte mich so sehr auf Massha, daß es mir fast entgangen wäre. Am Kerzendocht bildete sich plötzlich ein kleines Lichtpünktchen.

»So ist es richtig«, sagte ich und kämpfte darum, meine Stimme ruhig zu halten. »Und jetzt ...«

»Papi! Guido sagt ...«

»Psstt!!!« zischte ich. »Nicht jetzt, Markie! Wir versuchen, die Kerze zu entzünden.«

Sie blieb in der Tür stehen und legte fragend den Kopf schräg.

»Och, das ist doch ganz einfach!« strahlte sie plötzlich und hob den Kopf.

»MARKIE!! NICHT ...«

Doch ich kam zu spät.

Ein plötzlicher Blitz durchzuckte den Raum, dann entzündete sich die Kerze. Na ja, sie entzündete sich eigentlich nicht, vielmehr schmolz sie zusammen wie ein Wasserbeutel, wenn man den Beutel wegnimmt. Der Kerzenhalter übrigens auch. Allerdings entzündete sich dafür der Tisch ... kurz. Zumindest eine Ecke davon. Er flackerte einen Augenblick, dann erlosch das Feuer ebenso abrupt, wie es erschienen war. Übrig blieb eine ziemlich verkohlte Tischplatte und ein Tischbein, das wie eine abgebrannte Fackel mutterseelenallein dastand. Das Feuer hatte so schnell und so glatt zugeschlagen, daß das Bein nicht einmal umgekippt war.

Ich kann mich gar nicht mehr daran erinnern, daß ich nach Markie gegriffen hatte, doch irgendwie hielt ich sie plötzlich an den Schultern vor mir und schüttelte sie.

»WARUM HAST DU DAS GETAN??« sagte ich in meinem besten Vaterton.

»Du ... du hast gesagt ... du wolltest ... die Kerze anzünden.«

»Nennt man *das* eine Kerze anzünden?!?«

»Ich habe immer noch ein bißchen Probleme, die Kräfte zu beherrschen ... aber mein Lehrer meint, daß ich Fortschritte mache.«

Ich merkte, daß ich auch ein paar Probleme mit der Beherrschung hatte. Also hörte ich auf sie durchzurütteln, und versuchte, mich zu beruhigen. Erleichtert wurde diese Bemühung durch die Tatsache, daß ich bemerkt hatte, wie Markies Lippe zuckte und wie sie ganz schnell immer wieder mit den Augenlidern klimperte. Plötzlich wurde mir klar, daß sie im Begriff war, zu weinen. Da ich nicht genau wußte, was passieren würde, wenn sie weinte, hielt ich es für das beste, es lieber nicht herausfinden zu sollen und die Ereignisse von vorneherein in eine andere Bahn zu lenken.

»Äh ... das war ein Feuerelemental, nicht? Hast du das auf der Elementalschule gelernt?«

Jemanden zum Reden zu bringen, wehrt oft die Tränen ab ... zumindest hat das bei mir immer funktioniert.

»J-...ja«, sagte sie schüchtern. »Auf der Elementalschule fangen wir mit Feuer an.«

»Das ist ... äh ... sehr beeindruckend. Hör mal, tut mir leid, wenn ich dich angeraunzt habe, Markie, aber weißt du, ich wollte nicht einfach nur die Kerze entzünden. Ich wollte, daß Massha sie entzündet. Das war Teil ihrer Magikstunde.«

»Das wußte ich nicht.«

»Ich weiß. Ich habe vergessen, es dir zu sagen. Deshalb entschuldige ich mich auch. Was hier geschehen ist, war meine Schuld. In Ordnung?«

Sie nickte und übertrieb diese Bewegung so sehr, bis sie aussah, als hätte sie ein gebrochenes Genick. Das war eine interessante Illusion, eine, die ich der Vorstellung, sie könnte weinen, bei weitem vorzog ... vor allem in meiner gegenwärtigen Stimmung. Der Gedanke an eine Markie mit gebrochenem Genick ...

»Aaahh ... allerdings *hast* du Masshas Unterricht gestört«, sagte ich und verbannte die andere Vorstellung aus meinem Geist. »Meinst du nicht, daß es nett wäre, wenn du dich bei ihr entschuldigtest?«

»Das ist eine großartige Idee, Papi!« strahlte sie. »Das mache ich sofort, wenn ich sie das nächste Mal sehe. In Ordnung?«

Erst jetzt bemerkte ich, daß mein Lehrling sich aus dem Raum gestohlen hatte.

»Was tust du da, Massha?«

Bequem in der Türöffnung zu Masshas Schlafzimmer lehnend, stellte ich fest, daß meiner Stimme die einschüchternde Wucht der Stimme Aahz' fehlte, aber es ist nun einmal die einzige Stimme, die ich habe.

»Wie sieht das wohl aus, was ich hier tue?« knurrte sie und schleppte einen Kleiderberg von ihrem Schrank zum Bett.

»Nun, wenn du mich so fragst, würde ich sagen, daß es so aussieht, als würdest du packen. Die Frage ist nur, warum?«

»Meistens packen Leute, weil es die einfachste Methode ist, ihre Sachen mit sich herumzutragen, wenn sie reisen. Das schont nämlich die Garderobe.«

Plötzlich war ich die Zankerei leid. Schwer seufzend baute ich mich vor ihr auf und versperrte ihr den Weg.

»Keine Spielchen mehr, Massha. In Ordnung? Jetzt sage mir geradeheraus, warum du abreist! Meinst du nicht, daß du wenigstens *das* deinem Lehrer schuldig bist?«

Sie wandte sich ab und beschäftigte sich mit irgend etwas auf ihrem Frisiertisch.

»Komm schon, Skeeve«, sagte sie in einem solch leisen Ton, daß ich es kaum richtig hören konnte. »Du hast doch selbst gesehen, was unten passiert ist.«

»Ich habe gesehen, wie du gerade vor einem entscheidenden Durchbruch standest, falls du das meinen solltest. Wenn Markie nicht ins Zimmer geplatzt wäre, hättest du diese Kerze ein paar Sekunden später entzündet.«

»Toll!«

Sie wirbelte zu mir herum, und ich konnte erkennen, daß sie sich bemühte, nicht zu weinen. Dergleichen schien im Augenblick hier in der Gegend große Mode zu sein.

»Entschuldige, Skeeve, aber das ist doch wirklich wahnsinnig toll, nicht wahr! Ich kann also eine Kerze entzünden. Na und?! Nach jahrelangem Studium kann Massha eine Kerze entzünden ... und da kommt ein kleines Mädchen daher und pustet den halben Tisch weg, ohne sich auch nur anzustrengen! Zu was macht mich das also? Zu einer Magikerin? Haha! Was für ein Witz.«

»Massha, *ich* kann auch nicht, was Markie da unten getan hat ... und auch nicht, was sie im Bazar gemacht hat, wenn wir schon dabei sind. Als du zu mir gekommen bist, um mich zu fragen, ob du mein Lehrling werden kannst, habe ich dir gesagt, wie wenig ich von Magik verstehe. Allerdings lerne ich auch noch ... und in der Zwischenzeit stehen wir in der Magiebranche durchaus unseren Mann ... und zwar hier im Bazar. In der Hauptstadt der Magik aller Dimensionen.«

Das schien sie ein bißchen zu beruhigen, aber nicht viel.

»Sag mal ehrlich, Schätzchen«, sagte sie und schürzte dabei die Lippen. »Wie gut, glaubst du, könnte ich in der Magik jemals werden ... ganz ehrlich?«

»Ich weiß es nicht. Aber ich stelle mir gern vor, daß du mit etwas Arbeit und Übung besser werden könntest als jetzt. Und auf mehr kann eigentlich keiner von uns hoffen.«

»Du magst recht haben, Skeeve, und es ist ein guter Gedanke. Aber es bleibt leider die Tatsache, daß ich bis dahin immer nur eine kleine Nummer sein werde ... natürlich nur magisch gesprochen. So, wie die Dinge laufen, ist mir nur ein Dasein als Mitläuferin beschieden. Als Blutsaugerin. Du und Aahz, ihr seid ja nette Burschen, und ihr würdet mich nie rausschmeißen, aber ich wüßte nicht einen einzigen guten Grund mehr, weshalb ich noch hierbleiben sollte.«

»Ich aber.«

Mein Kopf ruckte so schnell herum, daß ich mir beinahe den Hals ausgerenkt hätte. Im Türrahmen stand ...

»TANDA!«

»Höchstpersönlich«, sagte sie augenzwinkernd. »Aber das ist jetzt nicht das Thema. Massha, ich weiß zwar nicht, wie es langfristig werden wird, aber ich weiß einen sehr guten Grund, weshalb du zumindest jetzt noch nicht abhauen solltest. Es ist derselbe Grund, aus dem ich zurückgekommen bin.«

»Was für ein Grund?«

»Es geht um den Großen Skeeve hier. Kommt nach unten. Wir halten Kriegsrat, da werde ich alle informieren. Wir stehen vor einer dicken Krise.«

›Hat hier mal jemand einen Büchsenöffner?‹

Pandora

11

In einem der Zimmer unseres extradimensionalen Palastes stand ein großer ovaler Tisch, der von Stühlen umringt war. Als wir eingezogen waren, hatten wir den Raum das Konferenzzimmer getauft, da er sich kaum zu etwas anderem zu eignen schien. Nicht, daß wir ihn jemals für Konferenzen benutzt hätten, aber es ist immer nett, ein Konferenzzimmer zu haben.

Heute abend war es allerdings bis zum Bersten voll. Offensichtlich hatte Tanda den ganzen Haushalt zusammengetrommelt, einschließlich Markie und Bunny, bevor sie Massha und mich ausfindig gemacht hatte, und alle saßen bereits, als wir eintraten.

»Können wir jetzt anfangen?« fragte Aahz ätzend. »Ich habe nämlich auch noch andere Dinge zu tun, müßt ihr wissen.«

»Ach ja?« höhnte Chumly. »Was denn, zum Beispiel?«

»Zum Beispiel, mit dem Giek über diese Einladung zu sprechen«, schoß mein Partner zurück.

»Ohne dich zuerst mit deinem Partner abzusprechen?«

»Ich habe nicht gesagt, daß ich annehmen oder ablehnen werde. Ich wollte lediglich mit ihm ...«

»Könnten wir diesen Streit vielleicht mal kurz vertagen?« unterbrach ich. »Ich möchte nämlich hören, was Tanda zu sagen hat.«

»Danke, Skeeve«, sagte sie und gewährte mir ein kurzes Lächeln, bevor sie wieder ihre ernste Miene annahm. »Ich schätze, ihr wißt wohl inzwischen alle, daß ich eigentlich hier ausziehen wollte. Nun, als ich im Bazar umherging, habe ich ein Gerücht gehört, das mich dazu bewegt hat, es mir anders zu überlegen. Wenn es nämlich wahr sein sollte, werden wir alle Hände voll zu tun haben.«

Sie machte eine Pause, doch niemand sagte etwas. Zur Abwechslung gewährten wir ihr alle unsere ungeteilte Aufmerksamkeit.

»Ich schätze, ich sollte wohl am besten gleich reinen Tisch machen, dann können wir die Sache durchdenken. Auf der Straße erzählt man sich, daß jemand die Axt angeheuert hat, um ihn auf Skeeve zu hetzen.«

Einige Herzschläge lang herrschte Stille; dann explodierte der Raum.

»Warum sollte jemand ...«
»Wer hat die Axt angeheuert?«
»Wo hast du das gehört ...«
»Ruhe! RUHE!« schrie Tanda und hob Schweigen gebietend die Hand. »Ich kann immer nur eine Frage auf einmal beantworten ... aber ich will euch lieber schon gleich im voraus warnen, daß ich sowieso nicht allzu viele Antworten auf Lager habe.«

»Wer hat ihn angeheuert?« wollte Aahz wissen, der sich sofort den ersten Platz auf der Frageliste sicherte.

»Wie ich höre, gibt es eine Gruppe von Magikern hier im Bazar, die nicht allzu glücklich über Skeeves Erfolg sind. Sie haben das Gefühl, daß er alle fetten Happen an sich reißt ... daß er alle Aufträge bekommt, durch die man sich profilieren kann. Also haben sie ihr Geld zusammengelegt, um die Axt anzuheuern, damit der tut, was selbst zu tun sie zu feige sind ... nämlich, sich mit Skeeve zu beschäftigen.»

«Hast du das gehört, Chumly? Meinst du immer noch, ich wäre melodramatisch?»

»Halt's Maul, Aahz. Wo hast du das gehört, kleine Schwester?«

»Erinnert ihr euch noch an Vic? An den kleinen Vampir, der aus Limbo hierherkam? Nun, er hat hier im Bazar seine eigene Praxis für Magik aufgemacht. Es hat den Anschein, daß man ihn anging, damit auch er etwas in den Fonds einschießt. Er ist noch so neu hier, daß er keinen von ihnen beim Namen kannte, aber sie haben zumindest behauptet, daß fast ein Dutzend der unbedeutenderen Magiker die Sache unterstützen.«

»Warum hat er uns nicht gleich gewarnt, sobald er davon erfuhr?«

»Er versucht, neutral zu bleiben. Er hat sich nicht mit einer Einlage beteiligt, wollte aber auch nicht derjenige sein, der die anderen bei Skeeve anschwärzt. Der einzige Grund, weshalb er mir überhaupt etwas davon gesagt hat, war, daß er fürchtete, alle in Skeeves Nähe könnten ins Kreuzfeuer geraten. Ich muß zugeben, daß er ziemlich übertriebene Vorstellungen davon zu haben scheint, wieviel Skeeve ganz allein meistern kann.«

»Darf ich auch mal eine Frage stellen?« fragte ich grimmig. »Sozusagen als Opfer in spe?«

»Na klar doch, Skeeve. Frag nur.«

»Wer ist die Axt?«

Nun wirbelten mindestens die Hälfte alle Köpfe am Tisch in meine Richtung herum, während die dazugehörenden Kieferladen herunterklappten.

»Du machst wohl Witze!«

»Weißt du nicht, wer ...«

»Aahz, hast du ihm denn gar nichts beigebracht über ...«

»Holla! Macht mal halblang!« übertönte ich das Getöse. »Ich kann nur begrenzte Portionen von diesem informativen Geplapper auf einmal aufnehmen. Aahz! Als mein Freund, Partner und ehemaliger Mentor: Hättest du vielleicht die Güte, mir in einfachen Worten zu erklären, wer die Axt ist?«

»Das weiß niemand.«

Ich schloß die Augen und verpaßte meinem Kopf ein leises Schütteln, um die Ohren wieder freizubekommen. Nach all diesem »He, wieso weißt du das denn nicht?«-Tohuwabohu hätte ich schwören können, daß er gesagt hatte ...

»Er hat schon recht, Süßer«, flötete nun Tanda. »Die wirkliche Identität der Axt gehört zu den am strengsten gehüteten Geheimnissen aller Dimensionen. Deshalb ist er auch so erfolgreich bei seinen Aktionen.«

»Das mag wohl sein«, meinte ich nickend. »Aber angesichts der Reaktion in diesem Raum, als du den Namen genannt hast, scheint es mir doch, daß man zumindest *etwas* über ihn weiß. Also gut, laß mich die Frage anders stellen. Wenn ihr schon nicht wißt, *wer* die Axt ist, könnte mich dann vielleicht mal jemand darüber aufklären, *was* er ist?«

»Die Axt ist der größte Persönlichkeitsattentäter aller Dimensionen«, erklärte Aahz knurrend. »Er arbeitet auf selbständiger Basis und verlangt Honorare, gegen die unsere wie ein Taschengeld aussehen. Aber wenn die Axt dir erst einmal auf den Fersen ist, kannst du genausogut deinen Abschied nehmen. Er hat schon mehr Karrieren ruiniert als fünf Börsenkräche. Hast du schon einmal den Ausdruck ›das Kriegsbeil ausgraben‹ gehört? Nun, der kommt daher.«

Ich hatte plötzlich jenes allzu vertraute »Fahrstuhlgefühl« im Magen.

»Wie arbeitet der Kerl?«

»Das ist unterschiedlich«, meinte mein Partner achselzuckend. »Er führt seine Angriffe immer ganz gezielt durch. Jedenfalls ist sicher, daß du gewesen sein kannst, was du willst, wenn er mit dir fertig ist, bist du es jedenfalls nicht mehr.«

»Ich wünschte, du würdest nicht die ganze Zeit ›du‹ sagen. Noch bin ich nicht tot.«

»Entschuldige, Partner. Nur so eine Redensart.«

»Na, das ist ja prächtig!« explodierte Guido. »Wie sollen Nunzio und ich den Boß bewachen, wenn wir gar nicht wissen, was auf ihn zukommt?«

»Sollt ihr gar nicht«, schoß Aahz zurück. »Das hier liegt außerhalb eures Tätigkeitsbereichs, Guido. Wir sprechen über Persönlichkeitsattentate, nicht über physische Attacken. Das gehört einfach nicht zum Katalog eurer Tätigkeitsmerkmale.«

»Ach ja?!« warf Nunzio mit seiner Piepsstimme ein. »Don Bruce hat gesagt, wir sollen ihn bewachen. Kann mich nicht erinnern, daß er was von physischen oder nichtphysischen Angriffen gesagt hätte. Stimmt's Guido?«

»Genau! Wenn jemand hinter dem Skalp vom Boß her ist, ist es unser Job, ihn zu bewachen ... wenn Sie nichts dagegen haben, Mister Aahz!«

»Euch beiden würde ich nicht einmal einen alten Fischkopf zur Bewachung anvertrauen, schon gar nicht meinen Partner!« brüllte Aahz und sprang auf.

»Hör auf, Aahz!« befahl Tanda und trat gegen den Stuhl meines Partners, so daß der ihm in die Knie fuhr und er sich unfreiwillig wieder setzen mußte. »Wenn wir es mit der Axt zu tun kriegen, brauchen wir so ziemlich alle Hilfe, die wir bekommen können. Hacken wir nicht mehr auf dem ›Wer‹ herum, und konzentrieren wir uns lieber auf das ›Wie‹. Okay? Wir haben alle Angst, aber das heißt noch nicht, daß wir uns aufeinanderstürzen sollten, wo doch in Wirklichkeit die Axt unser Ziel ist.«

Ihre Worte besänftigten die Gemüter für eine Weile. Zwar wechselte man noch ein paar böse Blicke, doch wenigstens senkte sich der Lärmpegel so weit, daß man mich wieder verstehen konnte.

»Ich glaube, ihr habt alle etwas übersehen«, sagte ich ruhig.

»Was denn?« Tanda blinzelte.

»Aahz ist der Sache vorhin ganz schön nahe gekommen. Das hier ist mein Problem, und genaugenommen steht das bei keinem von euch im Katalog seiner Tätigkeitsmerkmale. Wir sind zwar alle Freunde, und zwischen Aahz und mir gibt es auch Geschäftsverbindungen, ebenso zu Guido und Nunzio, aber worüber wir hier reden, das ist der Ruf der einzelnen. Wenn es mich trifft, und im Augenblick scheint ja jeder gegen mich zu wetten, dann werden alle, die mir nahestehen, sehr viel Schlamm mitabbekommen. Da scheint es mir doch das beste zu sein, wenn ihr anderen euch zurückzieht oder, noch besser, wenn ich hinausgehe und mich als Opfer präsentiere. Auf diese Weise wird bestenfalls eine Karriere ruiniert, nämlich meine. In meine Position bin ich nur hingekommen, weil ich mich auf eure festen Schultern stellen konnte. Wenn ich meine Stellung allein nicht mehr halten kann, nun, vielleicht war es dann doch keine so großartige Karriere.«

Der ganze Raum starrte mich an, während ich meine Rede beendete.

»Weißt du, Skeeve, alter Junge«, meinte Chumly und räusperte sich, »so gern ich dich auch habe, manchmal fällt es mir schwer, mich daran zu erinnern, wie intelligent du in Wirklichkeit bist.«

»Allerdings«, fauchte Tanda. »Das ist ungefähr das Dämlichste ... Einen Augenblick mal! Hat das vielleicht etwas mit meinem Auszug zu tun?«

»Ein bißchen«, gestand ich. »Und damit, daß Massha fortgeht, und mit Aahz, der über Verantwortung gesprochen hat, und ...«

»Sofort bist du ruhig!« befahl Aahz und hob die Hand. »Reden wir doch einmal über Verantwortung, *Partner*. Es ist zwar komisch, daß ausgerechnet ich dir darüber Belehrungen erteilen soll, aber es gibt nun mal viele verschiedene Formen von Verantwortung. Eine, die ich von dir gelernt habe, ist die Verantwortung gegenüber den eigenen Freunden: ihnen zu helfen, wenn sie in Schwierigkeiten stecken, *und* es zuzulassen, daß sie einem ihrerseits helfen. Ich habe nicht vergessen, wie du in eine fremde Dimension gekommen bist, um mich aus dem Gefängnis herauszuhauen, nachdem ich deine Hilfe bereits abgeschlagen hatte; oder wie du uns zusammengetrommelt hast, um beim Großen Spiel mitzumachen, damit wir Tanda befreien konnten, die man beim Klauen erwischt hatte; oder wie du darauf bestanden hast, daß Don Bruce dir Guido und Nunzio hier als Leibwächter zuteilen sollte, als ihnen Disziplinarmaßnahmen drohten, weil sie den Auftrag des Syndikats vermasselt hatten. Ich habe es nicht vergessen, und ich wette, daß die anderen es auch nicht vergessen haben, auch wenn du es vielleicht getan hast. Deshalb schlage ich jetzt vor, daß du die Klappe über Tätigkeitsmerkmale hältst und es zuläßt, daß deine Freunde dir helfen ... *Partner.*«

»Dazu nur ein gottverdammtes Amen!« Chumly nickte.

»Du hättest mich auch beim Giek zurücklassen können, dann wäre ich den Sklaventreibern in die Hände gefallen«, sagte Markie nachdenklich mit einer überraschend erwachsen klingenden Stimme.

»So, damit wäre die Angelegenheit ja wohl erledigt«, meinte mein Partner und rieb sich die Hände. »Dann können wir uns also an die Arbeit machen. Mein Kumpel Guido hier hat einen guten Einwand vorgebracht. Wie sollen wir Skeeve verteidigen, wenn wir gar nicht wissen, wie oder wann die Axt zuschlagen wird?«

Wir hatten die Angelegenheit natürlich überhaupt

nicht erledigt, aber Aahz hatte nicht vor, mir auch nur die geringste Chance zu geben, darauf hinzuweisen. Allerdings war ich ganz froh darüber, da ich wirklich nicht wußte, was ich sagen sollte.

»Alles, was wir tun können, ist, Ausschau nach allem und jedem zu halten, was merkwürdig ist.« Tanda zuckte die Schultern.

»Wie beispielsweise eine Prestigepartie Drachenpoker mit dem Pfefferminz-Kind«, warf Chumly ein und starrte dabei in die Ferne.

»Was war das?«

»Das ist dir wohl entgangen, kleine Schwester. Sieht so aus, als hätte unser junger Skeeve die Aufmerksamkeit des Königs des Drachenpokers erregt. Er will einen Schaukampf, und zwar möglichst bald.«

»Schau mich nicht so an, Chumly.« Aahz schnitt eine Grimasse. »Ich habe meine Meinung geändert. Wenn wir Skeeves Ruf bewahren wollen, gibt es für ihn keine Möglichkeit, die Herausforderung noch auszuschlagen. *Jetzt* bin ich gern bereit zuzugeben, daß dieses Geld gut angelegt sein wird.«

»Mein Papi kann jeden beim Drachenpoker schlagen«, erklärte Markie treuherzig.

»Dein Papi kann sich fürstlich das Hirn aus dem Kopf pusten lassen«, korrigierte mein Partner sie zart. »Ich hoffe ja nur darauf, daß wir ihm bis zu dem Spiel wenigstens genug beibringen können, damit er in Würde verliert.«

»Das gefällt mir nicht«, knurrte Tanda. »Das ist mir zu einfach. Irgendwie trägt dieses ganze Spiel die Handschrift der Axt.«

»Wahrscheinlich hast du recht«, seufzte Aahz. »Aber wir können nichts anderes tun, als die Herausforderung anzunehmen und zu versuchen, aus einer schlimmen Situation das Beste herauszuholen.«

»Die Kröte schlucken und mit dem Blatt spielen, das wir nun einmal in der Hand haben, eh, Aahz?« murmelte ich.

Ich dachte eigentlich, daß ich leise gesprochen hätte, doch alle am Tisch schnitten Grimassen, Markie eingeschlossen. Sie mochten wohl loyal genug sein, um ihr Leben und ihre Karriere für mich zu riskieren, aber über meine Witze würden sie nicht lachen.

»Wartet mal!« quiekte Nunzio. »Meint ihr etwa, daß das Kind tatsächlich die Axt sein könnte?«

»Ziemlich unwahrscheinlich«, sagte Bunny, die zum ersten Mal während der Versammlung das Wort ergriff. »Jemand wie die Axt muß möglichst unauffällig bleiben. Das Pfefferminz-Kind ist viel zu bekannt. Wenn der ein Persönlichkeitsattentäter wäre, würden das die Leute in Null Komma nichts bemerken. Und außerdem: Wenn er gewinnt, dann denkt niemand, daß das daran liegt, daß sein Gegner unehrenhaft wäre ... sondern nur daran, daß das Kind eben ein guter Spieler ist. Nein, ich schätze, die Axt muß in etwa so sein wie der stiebitzte Brief ... Er kann sich in aller Offenheit verstecken. Überlegt euch die letzte Person, von der ihr es vermuten würdet, dann seid ihr seiner wahren Identität schon sehr nahe.«

Um mich herum toste das Gespräch, doch hörte ich nicht sehr genau zu. Aus irgendeinem Grund hatte ich eine Idee gehabt, als Bunny sprach. Wir alle hatten von der Axt in der männlichen Form gesprochen, doch niemand wußte, ob er nicht vielleicht auch eine »Sie« war. Männer waren doch in der Regel viel weniger zurückhaltend und neigten viel eher dazu, mit den Einzelheiten ihrer Karriere zu prahlen, wenn sie bei einer Frau waren.

Bunny war eine Frau. Zudem war sie genau zu

dem Augenblick bei uns erschienen, als die Axt angeblich ihren Auftrag bekam. Wir wußten bereits, daß sie weitaus klüger war, als sie tat ... Worte wie ›stiebitzt‹ paßten nicht zu dem ausdruckslosen Blick, den sie so sorgfältig pflegte. Von wo aus hätte die Axt wohl besser zuschlagen können als aus unseren eigenen Reihen?

Ich beschloß, mit meinem Betthasen mal ein paar Worte zu wechseln, sobald sich die Gelegenheit dazu bot.

›Jetzt sehe ich dich endlich,
wie du wirklich bist!‹

Conrad Röntgen

12

Ich näherte mich Bunnys Schlafzimmer mit einem gewissen Zittern. Falls es Ihnen noch nicht aufgefallen sein sollte; meine Erfahrung mit Frauen ist nämlich ziemlich begrenzt ... so begrenzt, daß ich sie an den Fingern einer Hand abzählen könnte.

Tanda, Massha, Luanna, Königin Schierling und nun Bunny waren die einzigen erwachsenen Frauen, mit denen ich jemals zu tun gehabt hatte, und bisher war meine diesbezügliche Karriere alles andere als brillant gewesen. Eine Weile lang war ich zwar auf Tanda geflogen, doch inzwischen war sie für mich eher eine Art großer Schwester. Massha war ... nun, eben Massha. Ich schätze, daß ich in ihr allenfalls eine jüngere Schwester sah, jemanden, den man beschützen und manchmal auch knuddeln mußte. Ich hatte zwar nie ihre offene Bewunderung für mich verstanden, doch hatte diese auch meinen peinlichsten Mißgeschicken widerstanden, was es mir leicht machte, mich ihr anzuvertrauen. Und wenn ich auch immer noch dachte, daß Luanna meine eine, wahre Liebe sei, so hatte ich mit ihr doch nur bei vier Gelegenheiten sprechen können, und nach unserer letzten Begegnung war ich mir nicht sicher, daß es noch jemals eine fünfte geben würde. Die einzige Beziehung zu einer Frau, die noch katastrophaler gewesen war als meine zaghaften amourösen Abenteuer, war jene, die ich mit Königin Schierling gehabt hatte. Sie mochte mich zwar vielleicht nicht sofort standrechtlich erschießen, wenn sie mir begegnete, doch zweifelte niemand daran, daß sie es gern getan hätte ... und noch dazu war *sie* es, die *mich* heiraten wollte!

Natürlich konnte man keine von den Frauen, mit denen ich bisher zu tun gehabt hatte, mit Bunny vergleichen, obwohl ich mir nicht ganz sicher war, ob das nun ein gutes oder böses Zeichen sein sollte; und doch mußte ich mehr über sie in Erfahrung bringen, und zwar aus zwei Gründen: Erstens wollte ich mehr über sie wissen, wenn sie schon mit uns zusammenlebte, damit ich sie nicht so behandelte als wäre sie eine verrückte Tante im Keller; und zweitens, wenn sie die Axt sein sollte, so wäre es wohl besser, es so früh wie möglich herauszufinden. Leider war die einzige Möglichkeit, die mir einfiel, an die erforderliche Information heranzukommen, ein Gespräch mit ihr.

Ich hob die Hand, zögerte einen Augenblick, dann klopfte ich an. Mir fiel ein, daß ich, obwohl ich noch nie vor einem Erschießungskommando gestanden hatte, nun genau wußte, wie man sich da fühlte.

»Wer ist da?«

»Ich bin es, Skeeve, Bunny. Hast du eine Minute Zeit?«

Die Tür sprang auf, und Bunny griff nach meinem Arm und zerrte mich hinein. Sie trug einen aalglatten Einteiler, dessen Ausschnitt deutlich über dem Nabel endete, was mir eine große Erleichterung war. Als ich Königin Schierling in ihrem Schlafzimmer aufgesucht hatte, hatte sie mich im Evaskostüm empfangen.

»He! Schön, dich zu sehen. Habe mich schon gefragt, ob du jemals vorbeikommen würdest!«

Mit einem drehtürähnlichen Schwingen ihrer Hüften ließ sie die Tür zuschlagen, während ihre Hände sofort an ihrem Ausschnitt zu nesteln begannen. So viel zu meiner Erleichterung.

»Wenn du mir eine Sekunde Zeit läßt, Süßer, bin ich bereit. Du hast mich ein bißchen unvorbereitet erwischt, und ...«

»Bunny, könntest du das einfach mal für eine Weile lassen? Hm?«

Aus irgendeinem Grund lasteten die Ereignisse der letzten Tage plötzlich sehr schwer auf meinen Schultern, und ich war einfach nicht zu gewissen Spielen aufgelegt.

Sie starrte mich mit Augen an, die so groß waren wie die Thekenrechnung eines Perfekten, doch ihre Hände hielten immerhin inne. »Was ist denn los, Skeevie? Magst du mich nicht?«

»Ich weiß es wirklich nicht, Bunny«, sagte ich schleppend. »Du hast mir ja eigentlich nie eine Chance gegeben, nicht wahr?«

Sie atmete scharf ein und wollte mich anfauchen. Doch dann zögerte sie, wandte den Blick ab und fuhr sich nervös mit der Zunge über die Lippen.

»Ich ... ich weiß nicht, was du meinst. Bin ich nicht in dein Zimmer gekommen und habe versucht, nett zu sein?«

»Ich glaube, du weißt sehr wohl, was ich meine«, stieß ich nach und glaubte, einen Schwachpunkt in ihrer Verteidigungslinie zu wittern. »Jedesmal, wenn wir uns sehen, verpaßt du mir mit deiner ›Sexmiezen‹-Routine eine Ohrfeige. Ich weiß nie, ob ich weglaufen oder Applaus klatschen soll, aber beides ist nicht besonders geeignet, dich kennenzulernen.«

»Nun mach es nicht runter«, sagte sie. »Es ist eine großartige kleine Nummer. Damit bin ich immerhin bis hierher gekommen, nicht? Außerdem, ist es nicht das, was Männer von einem Mädchen wollen?«

»Ich nicht.«

»Wirklich?«

Ein keineswegs allzu sanfter Hohn lag in ihrer Stimme. Sie atmete tief ein und schob die Schultern zurück. »Dann sag mir doch, was du *sonst* im Sinn hast, wenn ich das tue?«

Egal welchen Eindruck Sie von mir aus meinen früheren Abenteuern haben mögen, ich kann jedenfalls durchaus schnell denken. Schnell genug, um meine ersten drei Gedanken der Zensur anheimfallen zu lassen, bevor ich antworte.

»Überwiegend Verlegenheit«, sagte ich wahrhaft. »Sicher, es ist beeindruckend, aber ich habe das Gefühl, daß ich etwas deswegen unternehmen sollte, und ich bin mir nicht sicher, daß ich dem gewachsen bin.«

Sie lächelte triumphierend und ließ die Luft entweichen, wodurch sie die Spannung in ihrem Brustkasten und in meinem Geist löste. Ich glaube, mein Geist hatte es am nötigsten.

»Du hast soeben das Geheimnis der Sexmiezen entdeckt. Es ist nicht so, als würdest du es nicht mögen. Es ist einfach nur zuviel, so daß du nicht sicher bist, daß du damit zurechtkommst.«

»Ich bin mir nicht sicher, ob ich dir folgen kann.«

»Männer prahlen gern und geben an, aber sie haben ein Ego, das so brüchig ist wie gesponnenes Glas. Wenn ein Mädchen ihren Bluff entlarvt, wenn sie wie ein brodelnder Vulkan auf sie zukommt, der sich nicht mehr löschen läßt, kriegen Männer es mit der Angst zu tun. Anstatt einen sanften weiblichen Holzscheit anzufächeln, stehen sie plötzlich vor einem ganzen Waldbrand, deshalb bringen sie ihre Puste lieber woandershin. Sicher, sie behalten uns da, um andere damit beeindrucken zu können. ›Schaut euch nur einmal die Tigerin an, die ich gezähmt habe‹, und so weiter. Aber wenn wir dann allein sind, bleiben sie meistens auf Distanz. Ich wette, ein Betthase kriegt weniger tatsächliche Action mit als die durchschnittliche Studentin ... nur daß wir sehr viel mehr verdienen.«

Das ließ mich nachdenken. Einerseits hatte sie meine Reaktion recht genau beschrieben. Ihr brüllendes Nahen hatte mich *tatsächlich* ein wenig verängstigt ... na ja, ziemlich sogar. Doch gab es da immer noch die andere Seite.

»Hört sich so an, als würdest du nicht sehr viel von Männern halten«, bemerkte ich.

»He! Versteh mich nicht falsch. Die sind immer noch ein gutes Stück besser als die Alternative. Ich bin es einfach nur leid geworden, mir immer wieder dieselbe alte Schmonze anzuhören, da habe ich mir gedacht, ich kehre den Spieß einfach mal um. Das ist alles.«

»Das habe ich nicht gemeint. Vor einer Sekunde hast du noch gesagt, ›das verlangen Männer von einem Mädchen‹. Das mag wahr sein, und ich will auch gar nicht dagegen protestieren. Allerdings hört es sich verdammt ähnlich an wie ›das verlangen *alle*

Männer von einem Mädchen‹, und dagegen habe ich gewisse Einwände.«

Sie furchte nachdenklich die Stirn und nagte an ihrer Unterlippe. »Ich schätze, es ist vielleicht tatsächlich ein bißchen verallgemeinert«, gab sie zu.

»Gut.«

»Es wäre genauer, zu sagen, ›das verlangen alle Männer von einem *schönen* Mädchen‹.«

»Bunny ...«

»Nein, jetzt hör du mir mal zu, Skeeve. Das ist nämlich mal ein Gebiet, auf dem ich mehr Erfahrung habe als du. Es ist schön, nur über geistige Dinge reden zu wollen, wenn man aussieht wie Massha. Aber wenn man damit aufwächst, so gut auszusehen wie es bei mir der Fall war – das ist keine Prahlerei, nur die Feststellung einer Tatsache –, dann hat man einen Mann nach dem anderen am Hals. Ich würde sagen, wenn die sich nur für den Geist interessieren, dann brauchen sie dringend einen Nachhilfekurs in Anatomie!«

Im Laufe unserer Freundschaft hatte ich mit Massha viele ausgedehnte Gespräche darüber geführt, was es für eine Frau bedeutete, weniger anziehend zu sein. Zum ersten Mal jedoch mußte ich jetzt erkennen, daß Schönheit möglicherweise nicht nur von Vorteil war.

»Ich kann mich nicht daran erinnern, daß du mich jemals ›am Hals‹ gehabt hättest, Bunny.«

»Okay, okay. Vielleicht muß ich wirklich immer erst einmal einen Gegenangriff starten, bevor der andere anfängt. Aber das Muster ist inzwischen entwickelt genug, daß ich mir ein paar Schlußfolgerungen erlauben darf. Wenn ich mich richtig erinnere, warst du ein bißchen beschäftigt, als wir uns begegneten. Wie hättest du wohl reagiert, wenn wir uns zufällig in einer Bar getroffen hätten?«

Das war nicht schwer, mir vorzustellen ... leider.

»Touché!« gestand ich. »Laß mich dir aber nur noch einen Gedanken mitteilen, Bunny. Danach will ich mich gerne deiner Erfahrung beugen. Die Frage des Sex schwebt bei *jeder* Begegnung zwischen Mann und Frau in der Luft, bis sie beantwortet wird. Ich glaube, das ist noch ein Überbleibsel aus vorzivilisatorischen Zeiten, als das Überleben der Art von der Fortpflanzung abhing. Es ist am stärksten, wenn man einem Mitglied des anderen Geschlechts begegnet, das man anziehend findet ... beispielsweise einer schönen Frau. Zum Teil beruht die Zivilisation darauf, obwohl ich mir nicht sicher bin, wie viele Leute das so sehen, Regeln und Gesetze aufzustellen, um diese Frage möglichst schnell zu klären: Verwandte, Eltern und nichtvolljährige oder verheiratete Leute sind tabu ... na ja, meistens jedenfalls, aber du weißt schon, wie ich es meine. Theoretisch ermöglicht dies den Leuten, weniger Zeit damit zu verbringen, einander zu beschnüffeln, um sich anderen Dingen widmen zu können ... beispielsweise der Kunst oder der Wirtschaft. Ich bin mir zwar nicht sicher, daß das wirklich eine Verbesserung ist, aber wir sind eigentlich schon ganz schön weit damit gekommen.«

»Das ist eine interessante Theorie, Skeeve«, meinte Bunny versonnen. »Wo hast du die her?«

»Die habe ich mir ausgedacht«, gab ich zu.

»Das muß ich mir gelegentlich mal durch den Kopf gehen lassen. Aber selbst wenn du recht haben solltest, was beweist das schon?«

»Nun, ich glaube, ich will damit nur sagen, daß du dich meiner Meinung nach zu sehr mit der Existenz der Frage selbst beschäftigst. Dabei solltest du sie jedesmal, wenn sie auftritt, gleich beantworten und zu anderen Dingen übergehen. Und genaugenommen meine ich, daß wir diese Frage hier und jetzt lösen können. Was mich angeht, so lautet die Antwort nein, zumindest für eine lange Zeit. Wenn wir uns darüber einigen könnten, würde ich gerne zu anderen Dingen übergehen ... wie beispielsweise, dich besser kennenzulernen.«

»Wenn du nicht im gleichen Atemzug das Wort ›nein‹ gebraucht hättest, hätte ich gesagt, daß sich das wie ein Antrag anhört. Vielleicht bin ich in diesem Punkt auch ein bißchen überempfindlich. Also gut. Einverstanden. Versuchen wir es als Freunde.«

Sie streckte die Hand aus, und ich schüttelte sie feierlich. In meinem Hinterkopf zuckte ein Schuldgefühl. Jetzt, da ich sie dazu gebracht hatte, in ihrer Wachsamkeit nachzulassen, würde ich versuchen, Informationen aus ihr rauszuquetschen.

»Was möchtest du gern wissen?«

»Nun, außer der Tatsache, daß du weitaus klüger bist, als du zugibst, und daß du die Nichte von Don Bruce bist, weiß ich eigentlich so gut wie nichts über dich!«

»Hoppla«, kicherte sie, »das mit der Nichte solltest du eigentlich gar nicht wissen.«

Es war ein viel netteres Kichern als ihr übliches hirnmarterndes Quieken.

»Dann fangen wir doch damit an. Soweit ich weiß, ist dein Onkel mit deiner Berufswahl nicht eben einverstanden.«

»Das kannst du laut sagen! Er hatte mir schon einen Beruf ausgesucht, hat mich in die Schule geschickt und alles. Das Problem war nur, daß er sich nicht die Mühe gemacht hatte, mich zu fragen. Ehrlich gesagt würde ich alles tun, solange es nur etwas anderes als das ist, was er für mich geplant hatte.«

»Was war das denn?«

»Er wollte, daß ich Buchhalterin werde.«

Im Geiste kehrte ich zu meinem alten Gegenspieler J. R. Grimble in Possiltum zurück. Mir Bunny an seiner Stelle vorzustellen überforderte meine Imagination.

»Hm ... eigentlich ist Buchhaltung doch keine schlechte Arbeit. Ich kann schon verstehen, daß Don Bruce nicht wollte, daß du in seine kriminellen Fußstapfen trittst.«

Bunny hob skeptisch eine Augenbraue. »Wenn du das glaubst, verstehst du nicht viel von Buchhaltung.«

»Wie auch immer. Allerdings meine ich, daß es doch wohl noch andere Möglichkeiten des Lebensunterhalts gibt, als Betthase zu werden.«

»Ich will dich ja nicht schon wieder auf Touren bringen«, feixte sie, »aber mein Aussehen hat gegen mich gearbeitet. Die meisten ehrlichen Geschäftsleute hatten Angst, daß ihre Frauen oder Geschäftspartner oder Aufsichtsräte oder Angestellten glauben würden, daß sie sich nur eine Geliebte auf die Lohnliste setzten, wenn sie mich einstellten. Nach einer Weile beschloß ich, mit dem Strom mitzuschwimmen und mich auf ein Gebiet zu begeben, wo gutes Aussehen eine Forderung und kein Hindernis war. Wenn ich mir irgend etwas zu Schulden habe kommen lassen, dann allenfalls Faulheit.«

»Ich weiß nicht«, meinte ich kopfschüttelnd. »Ich gebe zwar zu, daß ich von deiner Berufswahl nicht allzuviel halte.«

»Ach, ja? Na, bevor du jetzt den moralischen Zeigefinger schwingst, laß mich dir sagen ...«

»Hoppla! Redezeit abgelaufen!« unterbrach ich sie. »Was ich meinte, ist, daß die Sache keine große Zukunft hat. Ist nicht persönlich gemeint, aber niemand bleibt ewig jung und gutaussehend. Wie ich so höre, hat dein Job keine besonders gut entwickelte Altersversorgung.«

»Das hat keiner der Syndikatsjobs«, meinte sie achselzuckend. »Immerhin kann ich damit die Rechnungen bezahlen, während ich mich nach etwas Besserem umsehe.«

Nun kamen wir endlich weiter.

»Da wir schon beim Syndikat sind, Bunny, möchte ich zugeben, daß mir die Geschichte mit der Axt Sorgen macht. Weißt du zufällig, ob das Syndikat sich auch mit Persönlichkeitsattentaten beschäftigt? Vielleicht könnte ich mir bei irgend jemandem einen Rat einholen.«

»Ich glaube nicht. Das ist ein bißchen zu subtil für die. Andererseits hab ich noch nie gehört, daß Onkel Bruce irgendeine Arbeit ausgeschlagen hätte, wenn der Gewinn nur groß genug gewesen wäre.«

Mir fiel auf, daß sie ziemlich ausweichend antwortete. Ich beschloß, es noch einmal zu versuchen.

»Da wir gerade von deinem Onkel sprechen, hast du irgendeine Vorstellung, warum er dich für diesen Auftrag ausgesucht hat?«

Eine kaum merkliche Pause trat ein, bevor sie antwortete.

»Nein, habe ich nicht.«

Ich hatte das Drachenpokerspiel des Gieks überlebt, indem ich andere Leute beobachtete, und darin bin ich ziemlich gut. Für mich war dieses Zögern so gut wie ein Geständnis. Bunny wußte, weshalb sie hier war, sie wollte es mir nur nicht verraten.

Als hätte sie meine Gedanken gelesen, blickte sie mich plötzlich erschrocken an.

»He! Jetzt kapiere ich das erst! Denkst du etwa, ich wäre die Axt? Glaub mir, Skeeve, das bin ich nicht. Wirklich nicht!«

Sie war sehr ernst und klang sehr glaubwürdig. Aber wenn ich die Axt gewesen wäre, wäre dies genau das gewesen, was ich gesagt hätte und ich hätte es auf ebensolche Weise getan.

>*Jeder sieht so aus, wie er sich fühlt.*<

Dr. Jekyll

13

Es gibt viele Ausdrücke, mit denen sich der Bazarausflug des nächsten Tages beschreiben ließe. Leider heißen keine von ihnen »ruhig«, »gelassen« oder »gemütlich«. Statt dessen fallen einem viel eher Wörter wie »Zoo«, »Zirkus« und »Chaos« ein.

Es begann schon, noch bevor wir unser Basislager verlassen hatten; genaugenommen fing sogar alles mit der Frage an, ob wir es überhaupt verlassen sollten oder nicht.

Aahz und Massha waren standhaft der Meinung, daß wir erst einmal Gras über die Sache wachsen lassen sollten, der Theorie folgend, daß dies der Axt die wenigsten Angriffsmöglichkeiten bieten würde. Guido und Nunzio schlugen sich auf ihre Seite und bereicherten die ganze Auseinandersetzung mit ihrer eigenen blumigen Ausdrucksweise. »Auf Matratzenhorchdienst gehen« war einer ihrer Lieblingssprüche, ein Ausdruck, der in mir unweigerlich äußerst reizvolle Bilder aufsteigen ließ. Wie ich Bunny schon gesagt hatte, war ich keineswegs *völlig* rein.

Tanda und Chumly standen auf der Gegenseite und argumentierten, daß die beste Verteidigung immer noch ein massiver Angriff sei. Im Haus zu bleiben, so wandten sie ein, würde uns nur zu stehenden Zielen machen. Das einzig Richtige sei es, hinauszugehen und zu versuchen, die Pläne der Axt in Erfahrung zu bringen. Markie und Bunny schlossen sich der Geschwistermannschaft an, wenngleich ich den Verdacht hegte, daß dies eher auf ein Verlangen zurückzuführen war, etwas mehr vom Bazar zu sehen zu bekommen.

Nachdem ich mich über eine Stunde lang neutral verhalten und den beiden Zankparteien zugehört hatte, gab ich schließlich auch meine Stimme ab ... zugunsten des Ausgehens. Merkwürdigerweise standen meine Gründe dafür jenen von Bunny und Markie am nächsten: Obwohl ich mich ziemlich davor fürchtete, hinauszugehen und ein bewegliches Ziel abzugeben, fürchtete ich mich doch noch mehr davor, mit meiner eigenen Truppe im Haus eingesperrt zu sein, während diese immer nervöser und gereizter wurde.

Kaum war diese Frage geklärt, gab es neuen Streit, und zwar darüber, wer mitgehen sollte. Natürlich wollten alle mitkommen. Ebenso natürlich aber würden wir in diesem Fall genau als das erscheinen, was wir auch waren: wie eine Eingreiftruppe auf der Suche nach Ärger. Irgendwie glaubte ich nicht, daß dies unserem Bemühen förderlich sein würde, meinen Ruf zu erhalten.

Nach einer weiteren Stunde der gegenseitigen Beschimpfungen endeten wir mit einem Kompromiß. Wir würden alle gehen. Um der Unauffälligkeit und des strategischen Vorteils willen jedoch wurde beschlossen, daß ein Teil der Mannschaft getarnt werden sollte. Dadurch würde unsere Truppe nicht nur kleiner aussehen, als sie in Wirklichkeit war, es würde unseren Mannschaftskameraden außerdem gestatten, aus nächster Nähe alles zu beobachten und, was noch wichtiger war, sich anzuhören, was um uns herum im Bazar geredet wurde. Aahz, Tanda, Chumly, Massha und Nunzio sollten uns als Späher und Reserve dienen, während Markie, Bunny, Guido und ich als Köder fungierten ... eine Rolle, an der ich immer weniger Geschmack finden konnte, je mehr ich darüber nachdachte.

So kam es, daß wir endlich unseren Morgenspaziergang antraten ... am frühen Nachmittag.

Oberflächlich betrachtet hatte sich der Bazar nicht verändert, doch es dauerte nicht lange, bevor ich einige feine Unterschiede bemerkte. Ich hatte mich schon so sehr an das Aufrechterhalten von Tarnzaubern gewöhnt, daß ich unsere fünf Kameraden mühelos inkognito halten konnte, ohne daß es meine Konzentrationskraft belastete ... was auch ganz gut war, denn es gab eine Menge, um sich darauf zu konzentrieren.

Anscheinend hatte sich unser letzter Einkaufsbummel herumgesprochen, und die Reaktion der Täufler in ihren Verkaufsbuden auf unser Erscheinen war unterschiedlich, aber stets übertrieben. Manche der Läden schlossen sofort, sobald wir uns ihnen näherten, dafür stürmten andere Händler wie wild auf uns zu. Natürlich gab es auch Neutrale, die weder schlossen noch uns auf halbem Weg entgegenkamen, um uns statt dessen argwöhnisch im Auge zu behalten, während wir ihre Waren begutachteten. Doch wohin wir auch gingen, fiel mir ein merkliches Fehlen an Begeisterung bei der Lieblingsbeschäftigung im Bazar auf, dem Feilschen. Entweder sprach man von Fixpreisen oder machte mit einem Minimum an Wortaufwand Gegenangebote. Es schien, daß die Täufler zwar immer noch unser Geld haben wollten, daß sie aber keineswegs darauf erpicht waren, den Kontakt mit uns in die Länge zu ziehen.

Ich war mir nicht ganz sicher, wie ich die Situation handhaben sollte. Sollte ich ihre Nervosität ausnutzen, um schamlos die Preise zu drücken, oder sollte ich zähneknirschend mehr bezahlen, als die Waren meiner Meinung nach wert waren? Das Problem bestand darin, daß weder die eine noch die andere Taktik mein Image bei den Händlern sonderlich fördern würde, und sie würde auch nicht die Erinnerung an unseren letzten Ausflug ausradieren.

Natürlich gab es, wie immer in meinem Leben, auch einige Ablenkungen.

Nach unserem Gespräch hatte Bunny beschlossen, daß wir Freunde seien, und sie ging ihre neue Rolle mit derselben Begeisterung an wie zuvor die des Vamps. Gewiß, sie hing noch immer an meinem Arm, und aus der Ferne sah sie wahrscheinlich auch noch immer wie ein Betthase aus. Doch richtete sich ihre Aufmerksamkeit nun auf mich anstatt auf sich.

Heute hatte sie beschlossen, ihre Meinung über meine Garderobe kundzutun.

»Wirklich, Skeeve. Wir *müssen* dir etwas Vernünftiges zum Anziehen besorgen.«

Irgendwie war es ihr gelungen, ihre nasale Stimme loszuwerden und auch das, auf dem sie ständig herumgekaut hatte. Vielleicht bestand zwischen beiden eine Beziehung.

»Was ist denn verkehrt an dem, was ich gerade trage?«

Ich trug, was ich für einige meiner schickeren Kleidungsstücke hielt. Die Streifen auf den Hosen waren zwei Zoll breit und abwechselnd gelb und hellgrün gefärbt, während das Jackett ein Fummel aus Grellrot und Purpur war.

»Ich weiß gar nicht, wo ich anfangen soll«, sagte sie naserümpfend. »Sagen wir doch einfach, daß es ein bißchen grell ist.«

»Vorher hast du nie was über meine Kleider gesagt.«

»Richtig. Vorher. Wie in ›bevor wir beschlossen, Freunde zu sein‹. Betthasen werden nicht dafür bezahlt, daß sie ihren Männern sagen, wie dämlich sie sich anziehen. Manchmal glaube ich, daß eine der Grundanforderungen dafür, eine dekorative Dame am Arm zu haben, darin besteht, überhaupt keinen oder allenfalls einen negativen Sinn für Kleidung zu besitzen.«

»Na schön, ich habe da zwar nicht sehr viel Erfahrung aus erster Hand, aber gibt es nicht auch ein paar Betthasen, die sich eine Spur zu auffällig kleiden?« fragte ich pikiert.

»Stimmt. Aber ich wette, wenn man der Sache nachgeht, stellt man fest, daß sie ihre Klamotten nur tragen, weil die Männer sie ihnen gekauft haben. Als wir einkaufen gingen, hast du mir die Auswahl überlassen und lediglich die Rechnung bezahlt. Ein Haufen Männer glaubt, wenn sie schon die Rechnung bezahlen, müßten sie auch das letzte Wort darüber haben, was ihr Püppchen trägt. Machen wir uns nichts vor, Betthasen müssen auf ihr Aussehen achten, weil ihre Stellung davon abhängt. Ein Mädchen, das sich kleidet wie ein Kartoffelsack, findet keine Arbeit als Hase.«

»Du behauptest also, daß ich mich wie ein Kartoffelsack kleide?«

»Wenn ein Sack so aussähe wie du, würden die Augen der Kartoffeln davon erblinden.«

Ich quittierte die Bemerkung mit einem Stöhnen. Herrje, wenn schon niemand über meine Witze lachte, warum sollte ich es dann umgekehrt tun? Natürlich speicherte ich ihren Kommentar für den etwaigen späteren Gebrauch ab.

»Im Ernst, Skeeve, dein Problem ist, daß du dich anziehst wie ein Kind. Du hast in deiner Garderobe ein paar nette Stücke, aber es hat sich niemand die Mühe gemacht, dir mal zu zeigen, wie du sie tragen sollst. Farbenfrohe Kleidung ist zwar hübsch, aber das ganze Erscheinungsbild muß ausgewogen sein. Ein Muster zusammen mit einfarbigen Stücken zu tragen, betont das Muster. Ein Muster mit anderen Mustern zu mischen, bedeutet Ärger, es sei denn, man weiß genau, was man tut. In den allermeisten Fällen beißen die Muster sich dann gegenseitig ... und wenn sie auch noch von verschiedener Farbe sind, kommt es zu einem regelrechten Krieg. Deine Kleidung sollte die Aufmerksamkeit auf *dich* richten und nicht auf sich selbst.«

Trotz meiner Empörung mußte ich feststellen, daß mich ihre Erklärungen zu faszinieren begannen. Wenn ich im Laufe meiner verschiedenen Abenteuer eins gelernt habe, so die Regel, daß man alle Informationen aufnehmen sollte, die man bekommen kann.

»Mal sehen, ob ich dich verstanden habe, Bunny. Du willst also sagen, daß es nicht genügt, einfach nur nette Stücke zu kaufen, vor allem solche, die meinen Blick auf sich ziehen. Ich muß also aufpassen, wie sie zusammenpassen ... gewissermaßen ein koordiniertes Ganzes erschaffen. Stimmt's?«

»Das gehört dazu«, meinte sie nickend. »Aber ich glaube, wenn wir dich schon richtig erziehen wollen, gehen wir noch einen weiteren Schritt zurück. Als erstes mußt du nämlich entscheiden, welches Image du ausstrahlen willst. Deine Kleidung macht eine Aussage über dich, aber du mußt wissen, wie diese Aussage lauten soll. Bankiers zum Beispiel sind davon abhängig, daß die Leute ihnen ihr Geld anvertrauen, deshalb kleiden sie sich konservativ, um einen Eindruck von Verläßlichkeit zu vermitteln. Niemand wird sein Geld einem Bankier geben, der so aussieht, als würde er seine Nachmittage damit verbringen, Hoppehoppereiter zu spielen. Und am anderen Ende des Spektrums hast du die professionellen Unterhaltungskünstler. Die machen ihr Geld damit, daß die Leute sie anschauen, deshalb kleiden sie sich auch meistens äußerst laut und auffällig.«

Das war faszinierend. Nicht, als ob Bunny mir irgend etwas gesagt hätte, was ich noch nie gesehen hatte, doch definierte sie Muster, die mir bisher noch nicht bewußt geworden waren. Plötzlich schien die ganze Sache mit der Kleidung richtig Sinn zu machen.

»Was für ein Image strahle ich denn aus?«

»Nun, wenn du mich schon fragst: Im Augenblick siehst du nach zwei Möglichkeiten aus: Entweder wie jemand, der so reich und erfolgreich ist, daß es ihm egal sein kann, was andere von ihm denken, oder wie ein Junge, der nicht weiß, wie man sich anzuziehen hat. Hier im Bazar weiß man, daß du erfolgreich bist, deshalb kommen die Händler auch zum ersten Schluß und zerren so ziemlich jedes grell bunte Kleidungsstück hervor, das sie noch keinem anderen andrehen konnten, und glauben, daß du schon darauf fliegen wirst, wenn nur der Preis hoch genug ist.«

»Ein Blödmann oder ein Narr«, murmelte ich. »Ich weiß wirklich nicht, welches Image ich haben möchte, aber diese beiden jedenfalls nicht.«

»Versuch es doch mal mit diesem hier: Du bist ein

Magiker, den man kaufen kann, nicht? Dann solltest du wohlhabend genug aussehen, daß deine Klienten wissen, daß du gut bist; aber auch nicht so protzig, daß sie glauben, du würdest sie mit deinen Preisen übers Ohr hauen. Allzu konservativ sollte es nicht sein, weil sie sich zum Teil ja auch in das Geheimnisvolle der Magik einkaufen, aber wenn du zu pompös daherkommst, siehst du aus wie ein drittklassiger Scharlatan. Kurzum, ich meine, du solltest das Image ›gelassene Macht‹ ausstrahlen. Jemand, der sich zwar von der Alltagsmeute abhebt, der seiner selbst aber sicher genug ist, um nicht unbedingt Aufmerksamkeit erregen zu müssen.«

»Und wie schaffe ich es, so auszusehen?«

»Jetzt kommt Bunny ins Spiel«, erklärte sie mit einem Augenzwinkern. »Wenn wir uns über das Ziel einig sind, werde ich schon Mittel und Wege dahin finden. Folge mir.«

Und mit diesen Worten führte sie mich auf einen der unglaublichsten Einkaufsbummel, an dem ich je teilgenommen hatte. Sie bestand darauf, daß ich sofort den ersten Satz Kleidung anlegen sollte, den wir kauften: ein hellblaues Hemd mit offenem Kragen, cremefarbene Hosen und ein dazupassendes Halstuch. Markie protestierte zwar, daß ihr die schönen Kleider besser gefallen hätten, doch als wir uns unseren Weg von Verkaufsstand zu Verkaufsstand bahnten, merkte ich, wie sich das Verhalten der Besitzer änderte. Noch immer schien unsere Anwesenheit sie nervös zu machen, doch brachten sie nun völlig andere Kleidungsstücke zum Vorschein, damit wir sie begutachteten, und einige von ihnen machten mir sogar Komplimente über meine Kleidung ... etwas, was noch niemals passiert war.

Ich muß zugeben, daß ich ein wenig überrascht

war, wieviel manche von diesen »schlichten und unauffälligen« Stücken kosteten, doch Bunny versicherte mir, daß Stoff und Verarbeitung den Preis rechtfertigten.

»Ich verstehe das nicht«, wandte ich einmal ein. »Ich dachte immer, daß Buchhalter Geizkrägen wären, aber was bist du? Die ideale Konsumentin!«

»Denkst du etwa, ich würde *mein* Geld ausgeben?« schnurrte sie zurück. »Buchhalter können sich durchaus mit notwendigen Ausgaben abfinden, solange es das Geld eines anderen ist. Unsere Hauptaufgabe besteht darin, dafür zu sorgen, daß ihr für euer schwerverdientes Geld möglichst viel Kaufkraft bekommt.«

Und so ging es weiter. Als ich einmal Zeit zum Nachdenken hatte, fiel mir ein, daß Bunny, sollte sie *doch* die Axt sein, sich fürchterlich viel Mühe machte, mich gut aussehen zu lassen. Ich überlegte noch, wie dies in einen teuflischen Plan passen konnte, als mich plötzlich jemand in die Seite knuffte. Als ich mich umblickte, sah ich Aahz neben mir stehen.

Wenn ich meinen Tarnzauber verhänge, sehe ich die Leute immer noch so, wie sie normalerweise aussehen. Deshalb zuckte ich auch erst nervös zusammen, bevor mir einfiel, daß er jedem anderen im Bazar wie ein gewöhnlicher Kunde erscheinen mußte, der mit mir ein paar Worte wechseln wollte.

»Nette Klamotten, Partner«, bemerkte er. »Sieht so aus, als würde deine kleine Gespielin sich mal ein paar ernste Gedanken über deine Garderobe machen.«

»Danke, Aahz. Gefällt es dir wirklich?«

»Na klar doch. Allerdings ist da noch *eine* Kleinigkeit, die du deiner Einkaufsliste noch hinzufügen könntest, bevor wir uns wieder auf den Weg nach Hause machen.«

»Was denn?«

»Ungefähr fünf Kartenspiele. Wenn dein neues Image ihn auch beeindrucken könnte, glaube ich doch, daß es auf das Kind noch viel mehr Eindruck machen würde, wenn du ein bißchen Zeit darauf verwendest, Drachenpoker zu lernen, bevor du mit ihm abrechnest.«

Das ließ meine Seifenblasen sofort platzen. Aahz hatte recht. Kleidung und Axt mal beiseite, blieb da immer noch eine Sache, der ich mich schon bald würde stellen müssen, nämlich einem Wettkampf mit dem besten Drachenpokerspieler aller Dimensionen.

›Ich vergewissere mich vorher immer gern,
wohin die Reise geht.‹

Odysseus

14

»Oger steht hoch, Skeeve. Dein Einsatz.«
»Oh! Äh ... ich gehe auf zehn.«
»Halte zehn.«
»Aus.«
»Zwanzig für mich? Erhöhe um zwanzig.«
»Sehen.«

Inzwischen sollte Ihnen dies vertraut sein. Stimmt: Drachenpoker in vollem Galopp. Diesmal handelte es sich jedoch nur um ein freundschaftliches Spiel zwischen Aahz, Tanda, Chumly und mir. Natürlich ist der Ausdruck »freundschaftlich« dabei recht locker gewählt.

Von gelegentlichen Anschrei-Kämpfen abgesehen, hatte ich noch nie gegen diese drei antreten müssen. Das heißt, wenn es Schwierigkeiten gab, hatten wir unseren Kreis stets nur mit den Hörnern nach außen aufgebaut und nicht umgekehrt. Zum ersten Mal fand ich mich auf der anderen Frontseite wieder, und ich genoß es keineswegs. Mir war zwar klar, daß es nur ein Spiel war, trotzdem war ich plötzlich äußerst froh, daß ich keinem meiner Kollegen in einer Situation, in der es wirklich um Leben und Tod ging, entgegentreten mußte.

Es wurde zwar nach wie vor gescherzt, doch mit leicht nervösem Unterton. Über dem Tisch hing eine Wolke der Spannung, als die Spieler sich wie kreisende Raubvögel aufeinander konzentrierten. Das war im Gleiche Chancen zwar auch so gewesen, aber dort hatte ich auch damit gerechnet. Man erwartet beim Kartenspiel keine Unterstützung und auch kein Mitgefühl von völlig Fremden. Das Problem war, daß diese drei, die ich doch meine engsten Freunde nennen konnte, sich plötzlich als völlig Fremde herausstellten, sobald die Hosen heruntergelassen wurden ... falls Sie mir diesen Ausdruck erlauben.

»Ich glaube, du bluffst nur, großer Bruder. Erhöhe nochmals um vierzig.«

Ich schluckte schwer und schob eine weitere Säule meiner immer weniger werdenden Chips in den Topf.

»Sehen.«

»Hast mich erwischt«, meinte der Troll achselzuckend. »Passe.«

»Schön, Skeeve. Dann bleiben nur noch du und ich übrig. Ich habe einen Elf-Punkt-Flush.«

Tanda zeigte ihr Blatt vor und blickte mich erwartungsvoll an. Ich drehte meine verdeckten Karten mit einer Geste um, von der ich hoffte, daß sie selbstsichere Dynamik übermittelte.

Stille senkte sich um uns herum, als alles sich vorbeugte, um meine Karten zu mustern.

»Skeeve, das ist nichts als Schrott«, sagte Tanda schließlich. »Aahz ist schon bei einem besseren Blatt ausgestiegen, und zwar ohne seine Kellerkarten. Ich habe dich ja schon am Tisch geschlagen.«

»Was sie eigentlich sagen will, Partner«, feixte Aahz, »ist, daß du entweder hättest aussteigen oder erhöhen sollen. Sehen zu wollen, wenn die Karten, die sie bereits aufgedeckt hat, dein Blatt schon schlagen, ist herausgeworfenes Geld.«

»Schon gut, schon gut! Ich habe verstanden.«

»Wirklich? Du hast immer noch ungefähr fünfzig Chips da liegen. Willst du nicht lieber warten, bis du die auch noch alle verloren hast? Vielleicht sollten wir die Chips auch wieder neu verteilen und von neuem anfangen ... *schon wieder*.«

»Reg dich ab, Aahz«, befahl Tanda. »Skeeve hatte ein System, das für ihn bereits funktioniert hat. Warum soll er da nicht versuchen, damit zu arbeiten, bevor er sich dazu zwingen läßt, etwas Neues zu nehmen?«

Worauf sie anspielten, war mein ursprünglicher Widerstand gegen Unterrichtsstunden in Drachenpoker. Ich hatte bereits so gut wie entschieden, daß ich beim drohenden Spiel genauso verfahren wollte wie schon einmal im Gleiche Chancen, anstatt den Versuch zu unternehmen, im Schnellkurs die Regeln zu lernen. Nach einiger Diskussion (lies: Zankerei) einigten wir uns auf ein Demonstrationsspiel, damit ich meinen Trainern zeigen konnte, wie gut mein System funktionierte.

Nun, das hatte ich ihnen hiermit gezeigt.

Aahz konnte ich ziemlich gut durchschauen, wahrscheinlich weil ich ihn so genau kannte. Chumly und Tanda allerdings brachten mich völlig aus dem Konzept. Ich war völlig unfähig, aus ihrem Sprechen und Verhalten irgendwelche Hinweise herauszulesen, und es gelang mir auch nicht, offensichtliche Beziehungen zwischen ihrem Reizen und ihren Blättern herzustellen. In deprimierend kurzer Zeit war ich mein Anfangskapital losgeworden. Dann hatten wir die Chips erneut verteilt und von vorne begonnen ... mit demselben Ergebnis. Nun näherten wir uns dem Ende der dritten Runde, und ich war schon soweit, das Handtuch werfen zu wollen.

So gern ich mir auch eingeredet hätte, daß ich nur eine Pechsträhne hatte oder daß wir noch nicht genug Runden absolviert hatten, um präzise Muster erkennen zu lassen, sah die schreckliche Wahrheit doch so aus, daß ich einfach unterlegen war. Ich meine, normalerweise stellte ich es schon fest, wenn ein Spieler ein gutes Blatt hatte. Dann lautete die Frage »wie gut« oder, genauer, ob sein Blatt besser war als meins. Das galt natürlich auch für schwache Blätter. Ich war davon abhängig, einen Spieler auszumachen, der mit einem Blatt reizte, das noch entwickelt werden mußte, oder festzustellen, ob er lediglich darauf setzte, daß die anderen Blätter der Runde sich schlechter entwickeln würden als seins. Bei diesem »Demonstrationsspiel« jedoch erwischte es mich immer und immer wieder auf dem linken Fuß. Viel zu oft erwies sich ein Blatt, das ich für lauter Luschen gehalten hatte, als regelrechtes Punktekraftwerk.

Es war gelinde gesagt deprimierend. Ich hatte es

mit Spielern zu tun, die nicht einmal im Traum daran gedacht hätten, das Pfefferminz-Kind herauszufordern, und die fegten mir schon die Taschen leer, ohne daß sie sich auch nur sonderlich viel Mühe gegeben hätten.

»Ich weiß, wenn ich geschmiert bin, Aahz«, sagte ich. »Auch wenn ich dazu ein bißchen länger brauche als die meisten. Ich bin bereit, die Unterrichtsstunden zu nehmen, die ihr mir angeboten habt ... sofern ihr immer noch glaubt, daß es etwas nützt.«

»Klar wird es das, Partner. Zumindest kann es deinem Spiel nicht schaden, sofern wir es heute abend mit einem repräsentativen Beispiel zu tun gehabt haben sollten.«

Darauf konnte man sich doch verlassen, daß ein Perfekter einem genau das sagen würde, was einen aufheiterte!

»Komm schon, Aahz, alter Knabe«, unterbrach Chumly. »Skeeve versucht sein Bestes. Er versucht lediglich, in einer schlechten Situation durchzuhalten ... wie wir alle. Machen wir es ihm nicht noch schwerer. Hmmm?«

»Ich schätze, du hast recht.«

»Und paßt auf mit solchen Bemerkungen, wenn Markie in der Nähe ist«, warf Tanda ein. »Sie hat einen schlimmen Anfall von Heldenverehrung für ihren neuen Papi, und wir brauchen ihn als Respektsperson, damit sie auf dem Teppich bleibt.«

»Apropos Markie«, schnitt mein Partner eine Grimasse und blickte sich um. »Wo ist denn eigentlich unsere tragbare Katastrophenzone?«

Der letzte Teil unseres Einkaufsbummels war nicht besonders gut verlaufen. Markies Laune schien sich im Laufe des Tages immer mehr zu verschlechtern. Zweimal wurden wir nur durch zeitige Einmischung unserer Späher vor einer Totalkatastrophe bewahrt, als sie sich besonders aufzuregen begann. Da ich unser Glück nicht strapazieren wollte, blies ich die Exkursion schließlich ab, was bei meinem jungen Schützling um ein Haar einen neuen Wutanfall ausgelöst hätte. Ich fragte mich, ob andere Eltern wohl jemals ihre Einkäufe wegen eines überreizten Kindes hatten abbrechen müssen.

»Die ist irgendwo bei Bunny und den Leibwächtern. Ich habe mir gedacht, daß diese Sitzung schon schlimm genug würde, auch ohne daß Markie ständig ihrem Papi zujubelt.«

»Sehr vernünftig«, bemerkte Chumly. »Gut, genug der Plauderei. Machen wir weiter?«

»Jawohl!« verkündete Aahz und rieb sich die Hände, während er sich vorbeugte. »Als erstes müssen wir einmal deine Strategie aufpolieren. Wenn du ...«

»Äh ... bist du nicht ein bißchen voreilig, Aahz?« unterbrach Tanda.

»Wieso denn?«

»Meinst du nicht, daß es ganz schön wäre, wenn wir ihm erst einmal die Reihenfolge der Blätter beibrächten? Es ist sehr viel einfacher zu reizen, wenn man weiß, ob das eigene Blatt etwas taugt oder nicht.«

»Oh. Ja. Natürlich.«

»Laß mich das übernehmen, Aahz«, erbot sich der Troll. »Also, paß auf, Skeeve. Von unten nach oben gibt es folgende Blätter:

Hohe Karte
Ein Paar
Zwei Paar
Drei

Drei Paare
Volles Haus (Drei plus Ein Paar)
Vier
Flush
Straight (letztere beiden zählen wegen der sechsten Karte und sind vertauscht)
Voller Bauch (Zwei Dreier)
Voller Drache (Vier plus Ein Paar)
Straight Flush

Hast du das verstanden?«

Eine halbe Stunde später konnte ich die Liste schon beinahe ohne Spickzettel aufsagen. Inzwischen hatte die Begeisterung meiner Lehrer merklich nachgelassen. Ich beschloß, auf die nächste Lektion zu drängen, bevor sie vollends die Lust verloren.

»Schon gut«, erklärte ich. »Das kann ich mir auch noch allein einprägen. Was kommt als nächstes? Wieviel soll ich auf die jeweiligen Blätter reizen?«

»Nicht so schnell«, sagte Aahz. »Zuerst einmal mußt du die Blätter zu Ende lernen.«

»Soll das heißen, daß es noch mehr gibt? Ich dachte ...«

»Nein. Die Blätter hast du alle ... oder du wirst sie haben, mit etwas Übung. Jetzt mußt du die *Abweichbedingungen* lernen.«

»Abweichbedingungen?« wiederholte ich matt.

»Klar. Ohne sie wäre das Drachenpoker doch nur ein ganz normales Spiel. Beginnst du langsam zu begreifen, warum ich mir früher nicht die Zeit nehmen wollte, es dir beizubringen?«

Ich nickte stumm und starrte meine Blattliste an, von der ich irgendwie das Gefühl hatte, daß sie gleich noch komplizierter werden würde.

»Nur Mut, Skeeve«, sagte Chumly fröhlich und

schlug mir auf die Schulter. »Das wird viel leichter sein, als wenn wir versuchen würden, dir das ganze Spiel beizubringen.«

»Wird es?« Ich blinzelte und richtete mich ein wenig auf.

»Na klar. Weißt du, die Abweichbedingungen hängen von bestimmten Variablen ab, beispielsweise vom Wochentag, von der Anzahl der Spieler, der Tischposition, eben solche Dinge. Da dieses Spiel, um das es geht, im voraus organisiert wurde, wissen wir auch über die meisten Variablen bereits Bescheid. Beispielsweise wird es nur zwei Spieler geben, und da du der Herausgeforderte bist, kannst du dir den Stuhl aussuchen ... übrigens solltest du in Richtung Süden blicken.«

»Was mein großer Bruder gerade auf seine unbeholfene Weise zu sagen versucht«, unterbrach Tanda, während sie meinen Arm sanft drückte, »ist, daß du nicht *sämtliche* Abweichbedingungen auswendig lernen mußt. Sondern nur diejenigen, die bei deinem Spiel gegen das Kind Gültigkeit haben.«

»Ach so, verstehe. Danke, Chumly. Da fühle ich mich schon viel besser.«

»Prima. Es kann kaum mehr als ein Dutzend oder zwei geben, die dafür von Bedeutung sind.«

Meine Erleichterung verwandelte sich in innere Kälte. »Zwei Dutzend Abweichbedingungen?«

»Komm schon, großer Bruder. So viele sind es doch gar nicht.«

»Ich wollte gerade sagen, daß er die Sache wohl unterschätzt hat«, meinte Aahz grinsend.

»Na schön, dann zählen wir sie doch einmal durch, dann werden wir schon sehen.«

»Rote Drachen werden an geraden Tagen wild ...«

»Das Körper-zu-Körper-Blatt ist die ganze Nacht

ungültig, deshalb haben wir uns auch nicht die Mühe gemacht, es aufzuzählen, Partner ...«

»Einmal pro Nacht kann ein Spieler die Farbe einer seiner Hofkarten wechseln ...«

»Alle drei Runden wird die Reihenfolge der Karten umgekehrt, so daß die niedrigen Karten hoch stehen und umgekehrt ...«

»... Dreien sind die ganze Nacht tot und werden wie Leerkarten behandelt ...«

»... und nachdem eine Vier gespielt wurde, wird dieser Kartenwert auch ungültig ...«

»... es sei denn, es ist eine wilde Karte, dann hört sie einfach auf wild zu sein und kann normal gespielt werden ...«

»... wenn die ersten beiden aufgedeckten Karten beider Blätter je eine Zehn zeigen, sind die Siebener gestorben ...«

»... es sei denn, es gibt eine zweite Zehn, die neutralisiert dann die erste ...«

»... wenn natürlich die erste umgedrehte Karte ein Oger ist, wird die Runde mit einer zusätzlichen Kellerkarte gespielt, vier auf- und fünf abgedeckt ...«

»... ein natürliches Blatt schlägt ein Blatt gleicher Punktzahl, das aus wilden Karten zusammengesetzt wird ...«

»He — das ist doch keine Abweichbedingung, das ist eine normale Regel.«

»Sie wird aber wohl gelten, etwa nicht? Manche der Abweichbedingungen machen geltende Regeln unwirksam, daher dachte ich, wir sollten ...«

»WOLLT IHR MICH ETWA VERALBERN?!!«

Abrupt hörte das Gespräch auf, als meine Trainer sich umdrehten, um mich anzustarren.

»Ich meine, das ist doch wohl ein Witz. Stimmt's?«

»Nein, Partner«, erwiderte Aahz bedächtig.

»Darum geht es überhaupt beim Drachenpoker. Wie Chumly schon sagte, sei einfach nur dankbar, daß du nur eine Nacht lang spielst und nur die verkürzte Liste lernen mußt.«

»Aber wie soll ich in diesem Spiel denn jemals eine Chance haben? Ich werde mir ja nicht einmal alle Regeln einprägen können.«

Ein beklemmendes Schweigen machte sich am Tisch breit.

»Ich ... äh ... glaube, du hast nicht ganz begriffen, Skeeve«, sagte Tanda schließlich. »Du hast gar keine Chance. Das Kind ist der beste Spieler, den es gibt. Es gibt keinerlei Möglichkeit, wie du in ein paar Tagen oder auch nur in ein paar Jahren genug lernen sollst, um ihm etwas für sein Geld zu bieten. Wir bringen dir das hier alles nur bei, damit du dich nicht blamierst – will heißen, den Ruf des Großen Skeeve ruinierst –, während er dich ausnimmt. Es muß wenigstens *so aussehen*, als würdest du wissen, was du tust. Sonst machst du den Eindruck eines Narren, der nicht einmal genug weiß, um zu wissen, wie wenig er weiß.«

Darüber dachte ich ein wenig nach.

»Paßt diese Beschreibung nicht auf mich wie die Faust auf's Auge?«

»Dann behalt es wenigstens für dich, okay?« Mein Partner zwinkerte mir zu und knuffte mich scherzhaft an der Schulter. »Kopf hoch, Skeeve. In mancherlei Hinsicht dürfte es spaßig werden. Es geht doch nichts darüber, an einem Wettkampf teilzunehmen, ohne den Druck des Gewinnenmüssens zu haben, dann kann man seine Rolle wenigstens bis zur Neige auskosten.«

»Na klar, Aahz.«

»Schön, dann gehen wir wieder an die Arbeit. Hör

diesmal einfach nur zu. Wir werden es nachher noch langsamer wiederholen, damit du alles mitschreiben kannst.«

Mit diesen Worten machten sie sich wieder ans Werk.

Ich hörte mit halbem Ohr zu, während ich meine Gefühle untersuchte. Ich war zu meinem ersten Spiel im Gleiche Chancen in der Erwartung gegangen, zu verlieren, doch das hatte ich als einen netten, geselligen Abend verstanden. Es überstieg meine Fähigkeiten, mir nun einzureden, daß dieses Spiel gegen das Kind nett und gesellig werden würde. So sehr ich auch die Ansichten meiner Ratgeber schätzte, fiel es mir trotzdem ungeheuer schwer, mich damit abzufinden, daß es meinem Ruf helfen würde, wenn ich verlor. Sie hatten allerdings darin recht, daß ich die Herausforderung nicht ohne Gesichtsverlust abschlagen konnte. Und wenn ich nicht die geringste Chance hatte, zu siegen, dann blieb nur noch die Alternative übrig, nämlich in Würde zu verlieren. Richtig?

Doch so sehr ich mich auch bemühte, es gelang mir nicht, eine leise Stimme in meinem Hinterkopf zum Verstummen zu bringen, die mir unentwegt einreden wollte, daß die Ideallösung darin bestehen würde, daß ich dem Kind beim Spiel das Fell über die Ohren zog. Aber das war natürlich unmöglich. Nicht wahr?

>Ich brauche alle Freunde,
die ich bekommen kann.‹

Quasimodo

15

Wenn mein Leben auch manchmal verworren und deprimierend erscheinen mag, gibt es doch wenigstens ein Wesen, das sich in meinem Stunden der Not nicht von mir abwendet.

»Gliep.«

Ich habe nie begreifen können, wie die Zunge eines Drachen gleichzeitig schleimig und sandpapiern sein kann, doch so ist es. Na ja, wenigstens gilt das für die Zunge *meines* Drachen.

»Sitz, Bursche ... sitz ... he! Hör mal, Gliep! Hör auf!«

»Gliep!« erklärte mein Haustier, als es geschickt meinen Händen auswich und eine weitere Schleimspur auf meinem Gesicht hinterließ.

Gehorsam bis zum Geht-nicht-mehr. Es heißt, daß man die Führungsqualität eines Mannes daran erkennen kann, wie gut er mit Tieren zurechtkommt.

»Verdammt, Gliep! Das *meine* ich ernst!«

Ich habe oft versucht, Aahz davon zu überzeugen, daß mein Drache tatsächlich versteht, was ich sage. Ob dies hier der Fall war, oder ob er einfach nur auf meinen Tonfall reagierte, jedenfalls setzte Gliep sich wieder auf seine Hinterläufe und legte aufmerksam den Kopf schräg.

»Schon besser«, sagte ich und wagte es wieder, durch die Nase zu atmen. Drachen sind bekannt für ihren Mundgeruch (daher auch der Ausdruck »Drachenmaul«), und die Liebesbekundungen meines Lieblings hatten die unglückliche Nebenwirkung, mich mehr als nur ein wenig schwindelig zu machen. Natürlich spürte ich das auch dann noch, wenn ich durch den Mund atmete.

»Verstehst du, ich habe nämlich ein Problem ... na ja, mehrere Probleme, und ich dachte mir, wenn ich vielleicht darüber sprechen könnte, ohne unterbrochen zu werden, dann ...«

»Gliep!«

Die Zunge fuhr wieder hervor und erwischte mich diesmal bei offenem Mund. Obwohl ich mein Haustier liebe, gibt es doch Zeiten, da wünsche ich mir, daß es ... kleiner wäre. Zeiten wie diese ... oder wenn ich seine Toilettenkiste saubermachen muß.

»Soll ich dem Drachen mal ein paar Manieren für dich beibringen, Boß? Soll ich ihm auf die Füße treten?«

Ich sah mich um und entdeckte Nunzio, der auf einer der Gartenbänke saß.

»Oh. Hallo, Nunzio. Was machst du denn hier? Ich dachte, du und Guido würdet euch für gewöhnlich aus dem Staub machen, wenn ich Gliep zu Auslauf verhelfe.«

»Für gewöhnlich, ja«, meinte der Leibwächter achselzuckend. »Mein Vetter und ich, wir haben uns unterhalten und beschlossen, daß jetzt, wo diese Axt frei herumläuft, immer einer von uns die ganze Zeit bei dir sein sollte, weißt du, was ich meine? Jetzt ist es gerade meine Schicht, und ich werde dranbleiben ... egal was du tust.«

»Das weiß ich wirklich zu schätzen, aber ich glaube nicht, daß hier sonderlich große Gefahr besteht, daß mir etwas passieren könnte. Ich hatte sowieso schon beschlossen, Gliep erst dann wieder auszuführen, wenn die Luft rein ist. Man sollte das Schicksal nicht versuchen.«

Das stimmte wenigstens teilweise. Beschlossen hatte ich in Wirklichkeit, daß ich der Axt keine Gelegenheit bieten wollte, mich durch mein Haustier zu treffen. Aahz beklagte sich ohnehin schon genug darüber, daß der Drache bei uns wohnte, ohne daß ich zusätzliches Öl hätte ins Feuer gießen müssen. Wenn andererseits mein Verdacht jedoch richtig sein sollte, daß *Bunny* die Axt war ...

»Lieber auf Nummer Sicher als auf Nummer Kummer ... und du hast meine Frage noch nicht beantwortet. Soll ich dem Drachen ein wenig auf die Füße treten?«

Manchmal war mir die Logik von Leibwächtern ein völliges Rätsel.

»Nein. Ich meine, warum solltest du Gliep auf die Füße treten? Sieht doch ganz bequem aus, wie du dort sitzt.«

Nunzio rollte die Augen. »Ich meinte nicht ›auf die Füße treten‹ wie ›ihm wirklich auf die Füße zu treten‹. Ich meine, soll ich ihn ein bißchen hinbiegen? Du weißt schon, ihn ein bißchen aufmischen? Ich halte mich ja aus den Angelegenheiten zwischen dir und deinem Partner heraus, aber so ein Benehmen solltest du dir von einem Drachen nicht bieten lassen müssen.«

»Er versucht nur, freundlich zu sein.«

»Freundlich, schmoindlich. Nach allem, was ich gesehen habe, bist du eher in Gefahr, von deinem eigenen Haustier umgepustet zu werden, als von irgend jemand anderem, den ich im Bazar gesehen habe. Ich habe dich immer nur gebeten, mich meine Arbeit tun zu lassen ... schließlich *soll* ich ja nun deinen Leib schützen, weißt du. Daher hat mein Beruf schließlich seinen ehrwürdigen Titel.«

Nicht zum ersten Mal war ich davon beeindruckt, mit welcher Hingabe Nunzio seinen Beruf ausübte. Einen Augenblick lang war ich versucht, ihm zu gestatten, was er wollte. Doch in letzter Minute zuckte ein Bild vor mein geistiges Auge auf, wie mein übergroßer Leibwächter und mein Drache sich mitten im Garten bis auf den letzten Blutstropfen bekämpften.

»Äh ... danke, aber ich glaube, ich will mal drüber hinwegsehen, Nunzio. Gliep kann zwar manchmal etwas lästig sein, aber irgendwie mag ich es, wenn er ab und zu auf mir herumtrampelt. Dann hab ich das Gefühl, geliebt zu werden. Außerdem möchte ich nicht, daß ihm etwas zustößt ... Und dir auch nicht, wenn wir schon dabei sind.«

»Auf dir herumzutrampeln, ist eine Sache. Es zu tun, wenn du es gerade nicht haben willst, ist was anderes. Außerdem würde ich ihm nicht weh tun. Ich würde nur ... He, ich werde es dir zeigen!«

Bevor ich ihn daran hindern konnte, war er aufgesprungen und ging mit Riesenschritten auf meinen Drachen zu.

»Komm her, Gliep. Komm schon, Bursche!«

Der Kopf meines Haustiers ruckte herum, dann kam der Drache auf seinen vermeintlich neuen Spielgefährten zugewatschelt.

»Nunzio. Ich ...«

Als der Drache ihn gerade erreicht hatte, streckte mein Leibwächter eine Hand vor.

»Bleib stehen, Gliep! Sitz! Ich habe gesagt, SITZ!!«

Was als nächstes geschah, mußte ich rekonstruieren, indem ich es innerlich Revue passieren ließ, so schnell ging alles.

Nunzios Hand zuckte hervor und schloß sich um Glieps Schnauze. Mit einem Ruck riß er die Nase nach unten, bis sie sich unter dem Kopf meines Lieblings befand, dann stieß er kräftig empor.

Mitten im Satz gingen die Hinterläufe meines Drachen in Sitzposition und er hielt inne, während er die ganze Zeit verwundert mit den Lidern klimperte.

»Und jetzt still. Still!!«

Vorsichtig öffnete mein Leibwächter wieder die Hand und trat zurück, meinem Haustier die glatte Handfläche vors Gesicht haltend.

Gliep zuckte ein wenig, rührte sich aber nicht vom Fleck.

»Siehst du, Boß? Das wird er behalten«, rief mir Nunzio über die Schulter gewandt zu. »Du mußt nur unbeugsam mit ihm sein.«

Plötzlich bemerkte ich, daß mein Unterkiefer irgendwo unten bei meinen Knien herumbaumelte.

»Was ... das ist ja unglaublich, Nunzio! Wie hast du ... was hast du ...«

»Schätze, das hast du noch nicht gewußt, ich war nämlich mal Dompteur ... hauptsächlich für die gefährlicheren Tiere zuständig, für Shows, wenn du weißt, was ich meine.«

»Tierdompteur?«

»Ja. Schien mir wie die logische Fortsetzung des Lehrerberufs ... nur daß man sich keine Sorgen wegen der Eltern machen mußte.«

Ich mußte mich setzen. Zwischen der Vorstellung mit Gliep und dem plötzlichen Bekenntnis seines Bildungshintergrunds hatte Nunzio es geschafft, mein Gehirn hoffnungslos zu überfordern.

»Dompteur *und* Schullehrer.«

»Genau. Sag mal, soll ich noch ein bißchen mit deinem Drachen arbeiten, jetzt, wo er sich beruhigt hat?«

»Nein. Laß ihn eine Weile herumlaufen. Das hier soll ja schließlich sein Auslauf sein.«

»Du bist der Boß.«

Er wandte sich wieder Gliep zu und klatschte heftig in die Hände. Der Drache machte einen Satz zurück, dann kauerte er sich dicht an den Boden, bereit, zu spielen.

»Hol es, Junge!«

Mit überraschender Glaubhaftigkeit machte der Leibwächter eine Geste, als würde er etwas ans andere Ende des Gartens werfen.

Gliep wirbelte herum und sprintete in Richtung des »Wurfs« davon, wobei er eine Bank und zwei Sträucher platt walzte.

»Einfach erstaunlich«, murmelte ich.

»Ich wollte mich eigentlich nicht einmischen«, sagte Nunzio und nahm neben mir Platz. »Es sah mir nur so aus, als würdest du lieber reden, während dein Drache lieber herumtoben wollte.«

»Ist schon in Ordnung. Ich unterhalte mich sowieso lieber mit dir.«

Zu meinem mäßigen Erstaunen mußte ich entdekken, daß dies stimmte. Ich war schon immer so etwas wie ein Einzelgänger gewesen, aber in letzter Zeit schien ich nicht nur fähig zu werden, mich mit Leuten zu unterhalten, ich genoß es sogar. Ich hoffte nur, daß dies keine ernste Wende in meiner Freundschaft zu Gliep bedeutete.

»Mit mir? Klar, Boß. Worüber wolltest du reden?«

»Ach, über nichts Besonderes. Ich schätze, mir ist soeben klar geworden, daß wir uns noch nie richtig unterhalten haben, nur wir beide. Sage mir, was hältst du von der Operation hier?«

»Ist schon in Ordnung, schätze ich. Habe eigentlich nie viel darüber nachgedacht. Ist jedenfalls nicht unsere typische Nullachtfünfzehn-Syndikatsoperation, soviel ist sicher. Du hast ein paar merkwürdige Leute um dich ... aber sie sind nett. Ich würde für jeden von denen den rechten Arm hergeben, so nett sind die. Das ist sehr anders hier. In den meisten Firmen versuchen alle weiterzukommen, deshalb verwenden sie mehr Zeit darauf, sich gegenseitig im Auge zu behalten, als die Opposition auszuheben. Hier jedoch stärkt jeder dem anderen den Rücken, anstatt ihn auszubooten.«

»Willst du denn nicht weiterkommen, Nunzio?«

»Ja und nein, weißt du, was ich meine? Ich will nicht den Rest meines Lebens das gleiche tun müssen, aber ich bin auch nicht wild darauf, an die Spitze zu kommen. Es gefällt mir eigentlich, für andere zu arbeiten. Ich lasse sie die großen Entscheidungen treffen, dann muß ich mir nur noch überlegen, wie ich meinen Teil dazu beisteuern kann.«

»Hier steuerst du deinen Teil jedenfalls richtig bei«, nickte ich. »Ich wußte ja nie, wie schwer ein Leibwächter arbeiten muß.«

»Wirklich? Ach, schön, daß du das sagst, Boß. Manchmal fühlen Guido und ich uns hier wie das fünfte Rad am Wagen. Vielleicht arbeiten wir deshalb so hart daran, unseren Job ordentlich zu erledigen. Ich habe noch nie viel darüber nachgedacht, ob es mir hier gefällt oder nicht. Ich meine, ich gehe eben dorthin, wohin man mich schickt, und ich tue, was man mir sagt, so daß es keine Rolle spielt, was ich meine. Richtig? Was ich allerdings weiß, ist, daß es mir echt leid täte, wenn ich wieder gehen müßte. So wie du und deine Mannschaft hat mich noch niemand behandelt.«

Nunzio mochte vielleicht kein Geistesriese oder der schnellste Denker sein, dem ich begegnet war, doch fand ich seine schlichte Ehrlichkeit rührend ... ganz zu schweigen von der Loyalität, auf die sie hinwies.

»Nun, solange ich hier irgend etwas zu sagen habe, hast du auch hier deinen Job«, versicherte ich ihm.

»Danke, Boß. Langsam wurde ich es auch ein bißchen leid, wie das Syndikat so vorgeht, wenn du verstehst, was ich meine.« Das erinnerte mich an etwas.

»Da wir gerade davon sprechen, Nunzio, glaubst du, daß das Syndikat sich jemals auf so eine Sache wie Persönlichkeitsattentate einlassen würde?«

Die Stirn des Leibwächters legte sich in Falten.

»Nö!« sagte er schließlich. »Die meisten Leute bezahlen uns dafür, daß wir irgend etwas *nicht* tun. Wenn wir tatsächlich bei jemandem mal 'ne Nummer abziehen müssen, dann meistens, um ein Exempel zu statuieren, und dann machen wir irgend etwas Pompöses, fackeln sein Haus ab oder brechen ihm die Beine. Wer würde das denn erfahren, wenn wir nur seine Karriere ruinieren? Was Tanda über die Axt erzählt hat, war zwar interessant, aber das ist einfach nicht unser Stil.«

»Nicht einmal für den richtigen Preis?« drängte ich. »Wieviel, glaubst du, würde es kosten, damit Don Bruce mir hier jemanden auf den Hals hetzt?«

»Weiß nicht. Würde sagen, mindestens ... einen Augenblick mal! Fragst du damit etwa, ob Bunny die Axt ist?«

»Na ja, sie hat ...«

»Vergiß es, Boß! Selbst wenn sie mit diesem Job zurechtkäme, wovon ich nicht allzu sehr überzeugt bin, würde Don Bruce sie niemals auf dich loslassen. Verdammt, du bist doch jetzt einer seiner Lieblingshäuptlinge. Du solltest ihn mal hören ...«

Plötzlich preßte Nunzio die Handflächen gegen die Wangen, um übertriebene Hängebacken anzudeuten, während er sprach. »... dieser Skeeve, der hat die Chose ordentlich gerafft, weißt du, was ich meine? Mann! Wenn ich hundert wie den hätte, könnte ich die ganze gottverdammte Organisation übernehmen.«

Seine Imitation von Don Bruce war so perfekt, daß ich lachen mußte.

»Großartig, Nunzio. Hat er dich schon mal gesehen, wie du das machst?«

»Bin immer noch im Dienst und am Leben, nicht wahr?« zwinkerte er. »Aber im Ernst. Mit Bunny bist du auf dem Holzweg. Glaub mir, im Augenblick hütet ihr Onkel dich wie seinen eigenen Augapfel.«

»Ich schätze, du hast recht«, seufzte ich. »Wenn dem so sein sollte, stehe ich allerdings wieder ganz am Anfang. Wer ist die Axt und was kann ...«

»Hallo, Jungs! Ist das ein Privatgespräch, oder darf man sich anschließen?«

Wir hoben den Blick und sahen, wie Bunny und Markie in den Garten kamen.

»Komm schon her, Bunny!« Ich winkte und knuffte Nunzio dabei in die Rippen. »Wir wollten gerade ...«

»GLIEP!!!«

Plötzlich stand mein Drache vor mir. Zusammengekauert und angespannt, wirkte er überhaupt nicht verspielt. Ich hatte ihn erst wenige Male so erlebt, und damals ...

»HÖR AUF, GLIEP! GLIEP!!!« schrie ich, als mir zu spät klar wurde, was passieren würde.

Nunzio reagierte glücklicherweise schneller als ich. Aus seiner Sitzstellung heraus sprang er den Drachen an, als der gerade einen Feuerstoß losließ. Die Flammen zuckten empor und versengten schadlos eine Wand.

Mit einer schnellen Bewegung riß Bunny Markie hinter sich.

»Mann! Was war ...«

»Den kaufe ich mir!« schrie Markie und ballte die Fäuste.

»MARKIE!! HÖR AUF!!«

»Aber Papi ...«

»Hör einfach auf. In Ordnung? Nunzio?«

»Ich habe ihn, Boß«, rief er, beide Hände sicher um Glieps Schnauze gelegt, während der Drache sich freizustrampeln versuchte.

»Bunny? Du und Markie geht wieder hinein! Sofort!!!«

Die beiden eilten außer Sichtweite, und ich wendete mich wieder meinem Haustier zu.

Gliep schien sich ebenso schnell beruhigt zu haben, wie er explodiert war, nun, da Bunny und Markie verschwunden waren. Nunzio streichelte dem Drachen beruhigend den Hals, während er mich mit erstaunt geweiteten Augen anblickte.

»Ich weiß nicht, was hier passiert ist, Boß, aber jetzt scheint er wieder in Ordnung zu sein.«

»Was hier passiert ist«, sagte ich grimmig, »war, daß Gliep versucht hat, mich vor etwas oder jemandem zu beschützen, den er für eine Bedrohung hielt.«

»Aber Boß ...«

»Schau mal, Nunzio, ich weiß ja, daß du es gut meinst, aber Gliep und ich sind schon recht lange zusammen. Ich vertraue seinen Instinkten mehr als meinem eigenen Urteil.«

»Aber ...«

»Ich möchte, daß du sofort zwei Dinge tust. Erstens, bring Gliep zurück in seinen Stall ... Ich glaube, er hat genug Auslauf für den Tag. Und dann übermittle Don Bruce eine Nachricht. Ich möchte mich ein bißchen mit ihm über sein ›Geschenk‹ unterhalten!«

>*Ein wahrer Freund ist mehr wert als tausend Taler. Bei zweitausend können wir über die Sache reden.*<

D. Duck

16

»Ich sage dir, Partner, das ist verrückt!«
»Vor allen Dingen!«
»Bunny kann gar nicht die Axt sein! Sie ist eine Bettmieze.«
»Ja, das macht sie uns gerne glauben. Ich habe etwas anderes herausbekommen!«
»Wirklich? Wie denn?«
»Indem ... na ja, indem ich mit ihr gesprochen habe.«
Ich bemerkte den Schwachpunkt in meiner Logik, sobald ich es aussprach, aber Aahz war auch nicht auf den Kopf gefallen.
»Skeeve«, sagte er düster. »Ist dir einmal der Gedanke gekommen, daß sie, wenn sie die Axt sein sollte und du ihr Opfer, wahrscheinlich der letzte Mensch wäre, der sich in deiner Gegenwart gehenließe? Meinst du wirklich, du könntest sie durch ein einfaches Gespräch dazu verlocken, dir ihren wahren IQ zu offenbaren?«

»Nun ... vielleicht wollte sie ja nur schlau sein. Könnte doch sein, daß sie versucht, uns von ihrer Fährte abzulenken.«

Mein Partner sagte nichts darauf. Er legte einfach nur den Kopf schräg und hob eine Augenbraue *sehr weit* in die Höhe.

»Es *könnte* doch sein ...«, wiederholte ich lahm.

»Komm schon, Skeeve. Raus damit.«

»Womit?«

»Selbst du brauchst mehr Beweismaterial als das, bevor du halb durchdrehst. Was hältst du zurück?«

Nun hatte er mich in die Ecke getrieben. Ich fürchtete nur, daß er meinen wirklichen Grund noch unglaubwürdiger finden würde als jenen, den ich ihm bereits genannt hatte.

»Also gut«, sagte ich mit einem Seufzen. »Wenn du es wirklich wissen mußt, was mich schließlich davon überzeugt hat, war, daß Gliep sie nicht mag.«

»Gliep? Meinst du etwa wirklich deinen dämlichen Drachen?«

»Gliep ist nicht dä-...«

»Partner, *mich* mag dein Drache auch nicht! Das macht mich noch lange nicht zur Axt!!«

»Er hat auch noch nicht versucht, dich zu rösten!«

Das warf ihn für einen Augenblick zurück. »Das hat er getan? Er ist richtig auf Bunny losgegangen?«

»Allerdings. Wenn Nunzio nicht dagewesen wäre ...«

Wie durch seinen Namen heraufbeschworen, steckte der Leibwächter plötzlich den Kopf durch die Tür.

»He, Boß! Don Bruce ist da.«

»Führ ihn herein.«

»Ich glaube immer noch, daß du einen Fehler begehst«, warnte mich Aahz, gegen eine Wand lehnend.

»Vielleicht«, erwiderte ich grimmig. »Mit etwas Glück bringe ich Don Bruce dazu, meine Befürchtungen zu bestätigen, bevor ich meine Karten aufdecke.«

»Das will ich erst noch sehen.«

»Da bist du ja, Skeeve. Die Jungs haben gesagt, du wolltest mich sprechen.«

Don Bruce ist der Gute Pate des Syndikats. Ich habe ihn noch nie in irgend etwas gekleidet gesehen, das nicht lavendelfarben gewesen wäre, und auch der heutige Tag bot keine Ausnahme. Zu seiner Ausstattung gehörten kurze Hosen, Sandalen, ein Schlapphut und ein Sporthemd, das über und über mit dunkelpurpurnen Blumen bedruckt war. Mag sein, daß mich meine Garderobensitzungen mit Bunny überempfindlich gemacht hatten, was Kleidung anging, aber sein Anzug schien mir kaum geeignet für einen der mächtigsten Männer des Syndikats.

Sogar seine dunkle Brille hatte violette Gläser.

»Weißt du, du hast hier ja wirklich eine ganz schöne Wohnung. Bin noch nie hiergewesen, habe aber viel in den Jahresberichten gehört. Von außen sieht alles gar nicht so groß aus.«

»Wir bleiben eben gerne ein wenig unauffällig«, sagte ich.

»Ja, ich weiß. Wie ich den Leuten in der Syndikatszentrale immer sage, du führst hier eine klasse Operation durch. Das gefällt mir. Läßt uns gut aussehen.«

Mir wurde ein wenig ungemütlich zumute. Das letzte, was ich mit Don Bruce besprechen wollte, war unsere gegenwärtige Operation.

»Etwas Wein gefällig?« ließ Aahz sich hören, mir zur Rettung eilend.

»Ist zwar noch ein bißchen früh, aber warum nicht? So! Worum geht es denn?«

»Es geht um Bunny.«

»Bunny? Wie macht sie sich?«

Selbst wenn ich nicht bereits mißtrauisch gewesen wäre, wäre mir Don Bruces Antwort übertrieben vorgekommen. Auch Aahz merkte es und hob die Augenbrauen erneut, während er den Wein einschenkte.

»Ich dachte, wir sollten uns mal ein wenig darüber unterhalten, warum sie hierher geschickt wurde.«

»Worüber sollen wir uns da schon unterhalten? Du brauchtest einen Betthasen, und da hab ich mir gedacht ...«

»Ich meine, den *wirklichen* Grund.«

Unser Gast hielt inne, ließ seinen Blick ein paarmal zwischen Aahz und mir hin und her schweifen, dann zuckte er die Schultern. »Sie hat es dir also gesagt, wie? Merkwürdig, hätte geglaubt, sie würde es für sich behalten.«

»Genaugenommen bin ich von alleine darauf gekommen. Als ich das Thema erwähnte, hat sie es sogar abgestritten.«

»Habe schon immer gesagt, daß du schlau bist, Skeeve. Jetzt erkenne ich, daß du schlau genug gewesen bist, mich dazu zu bringen, etwas zuzugeben, was du Bunny nicht entlocken konntest. Recht gut.«

Ich warf Aahz einen triumphierenden Blick zu, doch der war plötzlich überaus beschäftigt mit seinem Wein. Trotz meiner Siegesfreude darüber, daß ich die Identität der Axt herausbekommen hatte, war ich alles andere als erbaut.

»Was ich nicht verstehen kann«, sagte ich, »ist, warum Sie es überhaupt versucht haben. Ich habe doch immer sauber gespielt.«

Don Bruce hatte wenigstens den Anstand, verlegen dreinzublicken. »Ich weiß, ich weiß. Damals erschien es mir einfach nur wie eine gute Idee. Ich saß ein bißchen in der Klemme, und es schien mir ein harmloser Ausweg zu sein.«

»Harmlos? Harmlos! Wir reden hier über mein ganzes Leben und meine Karriere!«

»He, komm schon, Skeeve. Übertreibst du da nicht ein bißchen? Ich denke nicht ...«

»Harmlos!?«

»Na ja, ich meine immer noch, daß du ein guter Ehemann für sie wärst ...«

»Übertreiben? Aahz, hast du das gehört ...«

Als ich mich unterstützungheischend meinem Partner zuwendete, bemerkte ich, daß er so heftig lachte, daß er dabei den Wein vergoß. Von allen Reaktionen, die ich von ihm erwartet hätte, war das Lachen ...

Dann traf es mich wie ein Schlag.

»Ehemann?!?!?«

»Natürlich. Darüber haben wir doch geredet, oder nicht?«

»Skeeve hier denkt, daß deine Nichte die Axt ist und daß du sie ihm auf den Hals gehetzt hast, um seine Karriere zu zerstören«, gelang es meinem Partner zwischen einigen Keuchern hervorzustoßen.

»Die Axt???«

»EHEMANN????«

»Bist du verrückt??«

»Einer von uns ist es bestimmt!!«

»Wie wär's mit beiden?« grinste Aahz und trat zwischen uns. »Mag jemand Wein?«

»Aber er hat gesagt ...«

»Worum, um alles ....«

»Meine Herren, meine Herren! Es ist doch nicht zu

übersehen, daß die Kommunikation zwischen Ihnen beiden ein wenig zu wünschen übrig läßt. Ich schlage vor, daß sich jeder ein Glas Wein einschenkt, dann fangen wir wieder von vorne an.«

Beinahe mechanisch griffen wir nach dem Wein und musterten einander dabei die ganze Zeit wie wütende Katzen.

»Sehr gut«, nickte mein Partner. »Nun denn, Don Bruce, die Gastmannschaft hat wohl den ersten Aufschlag, glaube ich.«

»Was ist das für ein Gerede über die Axt!?!« wollte der Syndikatsboß wissen und beugte sich plötzlich vor, wobei er sein halbes Weinglas verschüttete.

»Wissen Sie, wer die Axt ist??«

»Ich weiß, *was* er ist! Die Frage ist nur, was hat er mit dir und Bunny zu tun?«

»Wir haben vor kurzem gehört, daß irgend jemand die Axt angeheuert hat, um mit Skeeve eine Nummer abzuziehen«, warf Aahz ein.

»... ungefähr zur selben Zeit, als Bunny plötzlich aufkreuzte«, fügte ich hinzu.

»Und deshalb soll sie die Axt sein?«

»Nun, seit sie hier ist, hat es *durchaus* einigen Ärger gegeben.«

»Was denn?«

»Nuuuun ... Tanda ist weggegangen, wegen einiger Dinge, die gesagt wurden, als sie herausfand, daß Bunny eines Morgens in meinem Schlafzimmer war.«

»Tanda? Dieselbe Tanda, die vorhin 'Hallo' zu mir gesagt hat, als ich hereinkam?«

»Die ... äähhhh ... ist wieder zurückgekommen.«

»Ich verstehe. Was noch?«

»Sie hat meine Freundin erschreckt.«

»Freundin? Du hast eine Freundin?«

»Na ja, nicht genau ... aber ich hätte eine haben können, wenn Bunny nicht hier gewesen wäre.«

»Aha. Aahz, hast du ihm noch nie die Geschichte vom Spatzen in der Hand erzählt?«

»Ich versuche es ja immer wieder, aber Zuhören ist nicht seine Stärke.«

Ich kann mich immer darauf verlassen, daß mir mein Partner in Zeiten der Krise ohne zu zögern beisteht.

»Was noch?«

»Ääähhh ...«

»Sag es ihm!« Aahz lächelte.

»Was soll er mir sagen?«

»Mein Drache mag sie nicht.«

»Das überrascht mich nicht. Mit Tieren ist sie noch nie klargekommen ... zumindest nicht mit Vierbeinern. Ich verstehe aber immer noch nicht, wieso sie das zur Axt machen soll.«

»Es ist ... es ist eben nur das, dazu kommt das andere Beweismaterial ...«

Angesichts Don Bruces steinerner Miene verstummte meine Stimme.

»Weißt du, Skeeve«, sagte er schließlich. »So sehr ich dich mag, gibt es doch Zeiten, jetzt zum Beispiel, wo ich mir wünsche, du stündest auf der anderen Seite des Gesetzes. Wenn die Staatsanwälte ihre Fälle so zusammenstümmeln würden wie du, könnten wir unsere Schmiergelder um neunzig Prozent streichen und unsere Rechtsanwaltsgehälter gleich um hundert!«

»Aber ...«

»Nun hör mir genau zu, denn ich werde die Sache nur einmal durchgehen. Du bist hier im Bazar der Vertreter des Syndikats und auch *meiner*. Wenn du einen schlechten Eindruck machst, machen auch wir einen schlechten Eindruck. Kapiert? Was sollte es da für einen Sinn ergeben, daß wir jemanden anheuern, der dafür sorgt, daß sowohl du als auch *wir* dumm aussehen?«

In meiner Verzweiflung blickte ich Aahz hilfeheischend an.

»Die Frage wollte *ich* eigentlich gerade stellen, Partner.«

»Nun«, verkündete Don Bruce und stand auf, »wenn das erledigt wäre, kann ich ja wohl jetzt gehen.«

»Nicht so schnell«, wandte mein Partner lächelnd ein und hob eine Hand. »Da ist immer noch die Frage, die Skeeve gestellt hat: Wenn Bunny nicht die Axt ist, was tut sie dann hier? Was war das mit dem Ehemann?«

Der Syndikatsboß ließ sich wieder in den Sessel sinken und griff nach seinem Wein, während er die ganze Zeit versuchte, meinem Blick auszuweichen.

»Ich werde auch nicht jünger«, sagte er. »Eines Tages werde ich mich zur Ruhe setzen, und ich dachte, ich sollte mich vielleicht mal um Ersatz kümmern. Es ist immer schön, wenn es in der Familie bleibt ... in der richtigen Familie, meine ich, und da ich eine unverheiratete Nichte hatte ...«

»Hoppla! Einen Augenblick«, unterbrach ihn Aahz. »Soll das heißen, daß du Skeeve als möglichen Nachfolger im Syndikat im Auge hast?«

»Das ist eine Möglichkeit. Warum auch nicht? Wie ich schon sagte, er leitet hier eine klasse Operation, und er ist klug ... zumindest hab ich das mal gedacht.«

»Don Bruce, ich ... ich weiß nicht, was ich sagen soll«, sagte ich ganz ehrlich.

»Dann sag auch nichts!« erwiderte er grimmig. »Was immer geschehen mag, liegt noch weit in der Zukunft. Deshalb habe ich dir auch noch nicht direkt davon erzählt. Noch bin ich nicht soweit.«

Ich wußte nicht, ob ich enttäuscht oder erleichtert sein sollte.

»Was Bunny angeht?« stieß mein Partner wieder nach.

Der Syndikatsboß zuckte die Schultern. »Was soll ich dazu noch sagen, was nicht bereits gesagt worden wäre? Sie ist meine Nichte, er ist einer meiner Lieblingsführer. Ich dachte, es wäre eine gute Idee, die beiden zusammenzuführen und zu sehen, ob etwas passiert.«

»Ich ... ich weiß nicht«, sagte ich nachdenklich. »Bunny ist durchaus nett, vor allen Dingen jetzt, da ich weiß, daß sie nicht die Axt ist. Ich glaube einfach nur nicht, daß ich schon bereit für eine Ehe bin.«

»Hab ich ja auch nicht gesagt«, erwiderte Don Bruce achselzuckend. »Versteh mich nicht falsch, Skeeve. Ich versuche nicht, dich zu drängen. Ich weiß, daß du etwas Zeit brauchst. Wie ich schon sagte, ich habe einfach alles nur so arrangiert, daß ihr beiden euch kennenlernt, um zu sehen, ob sich etwas daraus entwickelt ... das ist alles. Wenn es klappt, prima. Wenn nicht, auch prima. Ich habe nicht vor, die Sache zu forcieren, und auch nicht, mir vorzumachen, daß ihr beide ein Paar abgebt, wenn ihr es doch nicht tut. Und wenn schon nichts anderes, so wirst du wenigstens eine ziemlich gute Buchhalterin haben, solange du dabei bist, herauszufinden, was läuft ... und deinen Finanzdaten zufolge könntest du durchaus eine gebrauchen.«

»Was du nicht sagst!«

Endlich hatte er Aahz dort getroffen, wo es wehtat ... oder seine Brieftasche, was dasselbe ist.

»Was stimmt denn nicht mit unseren Finanzen? Wir kommen ganz gut über die Runden.«

»Ganz gut über die Runden ist nicht dasselbe wie

ein Höhenflug. Ihr Jungs habt keinen Plan. So, wie ich die Sache sehe, habt ihr soviel Zeit damit verbracht, von der Hand in den Mund zu leben, daß ihr nie gelernt habt, was man mit Geld noch alles anfangen kann, außer es anzuhäufen und auszugeben. Bunny kann euch zeigen, wie ihr euer Geld für euch arbeiten laßt.«

Aahz rieb sich nachdenklich das Kinn. Es war ein interessanter Anblick, wie mein Partner so zwischen Stolz und Habgier hin- und hergerissen wurde.

»Ich weiß nicht«, sagte er schließlich. »Es hört sich zwar gut an, und wir werden der Sache bestimmt irgendwann einmal nachgehen, aber im Augenblick sitzen wir ziemlich in der Klemme.«

»Nach allem, was ich so höre, sitzt ihr ständig in der Klemme«, bemerkte Don Bruce trocken.

»Nein. Ich meine, im Augenblick sitzen wir *richtig* in der Klemme, was die Finanzen angeht. Wir haben eine Menge Kapital an das große Spiel heute abend gebunden.«

»Großes Spiel? Welches große Spiel?«

»Skeeve hat heute nacht eine Auseinandersetzung im Drachenpoker mit dem Pfefferminz-Kind. Es ist eine Herausforderungspartie.«

»Deshalb wollte ich auch mit Ihnen über Bunny sprechen«, warf ich ein. »Da ich glaubte, daß sie die Axt ist, wollte ich nicht, daß sie dabei ist, um das Spiel zu stören.«

»Warum hat mir niemand von diesem Spiel erzählt?« wollte Don Bruce wissen. »In deinem Bericht stand nichts davon!«

»Es ist auch erst danach zustande gekommen.«

»Wie hoch sind die Einsätze?«

Ich blickte Aahz an. Ich war so sehr damit beschäftigt gewesen, zu lernen, wie man Drachenpoker spielte, daß ich nie dazu gekommen war, ihn nach den Einsätzen zu fragen.

Aus irgendeinem Grund wirkte mein Partner plötzlich ziemlich verlegen.

»Tischsätze«, sagte er.

»Tischsätze?« Ich furchte die Stirn. »Was ist das denn?«

Ich hatte schon fast erwartet, er würde sagen, daß er es mir später erklärte, doch statt dessen ging er das Thema mit überraschendem Enthusiasmus an.

»Bei einem Spiel mit Tischsätzen beginnt jeder mit einer bestimmten Geldsumme. Dann spielt man so lange, bis einer entweder keine Chips mehr hat oder ...«

»Ich weiß selbst, was Tischsätze sind«, unterbrach Don Bruce. »Was ich wissen will, ist, um wieviel ihr spielt.«

Aahz zögerte, dann zuckte er die Achseln. »Eine Viertelmillion pro Nase.«

»EINE VIERTELMILLION???«

Diese Tonhöhe hatte ich seit dem Stimmbruch nie wieder erreicht.

»Das hast du gar nicht gewußt?« fragte der Syndikatsboß mit gerunzelter Stirn.

»Wir haben es ihm nicht gesagt«, seufzte mein Partner. »Ich hatte Angst, daß er den Schwanz einziehen würde, wenn er wüßte, um was es geht. Wir wollten ihm einfach nur die Chipsstapel reichen, ohne ihm zu sagen, wieviel sie wert sind.«

»Eine Viertelmillion?« wiederholte ich, diesmal ein wenig heiserer.

»Siehst du?« Aahz grinste. »Schon ziehst du den Schwanz ein.«

»Aber Aahz, *haben* wir überhaupt eine Viertelmillion übrig?«

Das Grinsen meines Partners verblaßte, und er wich meinem Blick aus.

»Die Frage kann ich auch beantworten, Skeeve«, meldete sich Don Bruce wieder zu Wort. »*Niemand* hat eine Viertelmillion übrig. Selbst wenn man sie hat, hat man sie nicht übrig, wenn du verstehst, was ich meine.«

»Es ist ja nicht unser *ganzes* Geld«, sagte Aahz schleppend. »Die anderen haben auch aus ihren Ersparnissen etwas hinzugetan: Tanda, Chumly, Massha, sogar Guido und Nunzio. Wir sind alle daran beteiligt.«

»Wir auch«, erklärte der Syndikatsboß. »Das Syndikat übernimmt die Hälfte.«

Ich bin mir nicht sicher, wer mehr überrascht war, Aahz oder ich. Doch Aahz erholte sich als erster davon.

»Das ist nett von dir, Don Bruce, aber du weißt nicht, worum es hier eigentlich geht. Skeeve ist in diesem Spiel ein blutiger Anfänger. Er hat mal eine Nacht lang Glück gehabt, und als die Gerüchtemühle fertig war, hatte er sich gleich eine Herausforderung durch das Kind eingehandelt. Er kann sie nicht ablehnen, ohne das Gesicht zu verlieren, und jetzt, da die Axt auf ihn angesetzt ist, können wir uns keinerlei schlechte Presse erlauben, sofern wir sie überhaupt vermeiden können. Deshalb haben wir unser Geld zusammengelegt, damit Skeeve spielen und mit Anstand verlieren kann. Das Endergebnis steht bereits fest. Das Kind wird ihm bei lebendigem Leibe das Fell über die Ohren ziehen.«

»Und du hast vorhin wohl auch nicht zugehört: Wenn er einen schlechten Eindruck macht, machen wir das auch. Das Syndikat unterstützt seine Leute, besonders dann, wenn es um das öffentliche Image geht. Ob Gewinn oder Verlust, wir sind mit der Hälfte dabei, okay?«

»Wenn du meinst«, sagte Aahz achselzuckend.

»... und versuche, mir ein paar Sitzplätze zu reservieren. Ich will meinen Jungen in Aktion erleben — aus erster Hand.«

»Das wird aber schwer kosten!«

»Habe ich danach gefragt? Du sollst ...«

Ich hörte inzwischen nicht mehr richtig zu. Mir war gar nicht bewußt gewesen, wie treu meine Freunde tatsächlich hinter mir standen.

Eine Viertelmillion ...

In diesem Augenblick konkretisierte sich etwas in meinem Geist, das schon seit Tagen darin herumgeschwebt war. Was immer die anderen auch meinen mochten, ich würde jedenfalls versuchen, dieses Spiel zu gewinnen!

›Dabeisein ist alles.‹

Noah

17

Als wir uns auf den Weg zum Gleiche Chancen machten, hing über dem Bazar eine Aura der Erwartung. Erst glaubte ich, daß ich nur wegen meiner Nervosität und Aufgeregtheit die Dinge so sah. Je weiter wir gingen, um so offensichtlicher wurde es jedoch, daß es sich dabei nicht nur um meine Einbildung handelte.

Kein einziger Verkäufer oder Ladenhai trat auf uns zu, nicht ein Täufler, der uns mit lauten Rufen ein ausgezeichnetes Geschäft angeboten hätte. Im Gegenteil, als wir zwischen den Ständen dahinschritten, verstummte um uns herum jedes Gespräch, denn alle drehten sich um, um uns vorbeigehen zu sehen. Manche wünschten »Viel Glück« oder machten freundliche Scherze darüber, daß sie mich nach dem Spiel treffen wollten, doch die allermeisten starrten uns nur in stummer Faszination an.

Wenn ich jemals an der Existenz oder der Reichweite der Gerüchteküche und der Buschtrommeln im Bazar gezweifelt hätte, so wäre ich spätestens jetzt auf alle Zeiten eines Besseren belehrt worden. Jeder, und damit meine ich wirklich *jeder*, wußte, wer ich war, wohin ich ging und was mich dort erwartete.

In mancherlei Hinsicht machte es Spaß. Ich habe ja bereits erwähnt, daß ich mich im allgemeinen in der unmittelbaren Nachbarschaft möglichst unauffällig zu verhalten pflegte, so daß ich daran gewöhnt war, unbemerkt umherschreiten zu können. Meine kürzlichen Einkaufsbummel hatten mir zwar zu einem gewissen Ruf verholfen, doch heute abend war ich ein wirklicher Prominenter! Der Unsicherheit des Spielausgangs bewußt, beschloß ich, die Gunst des Augenblicks zu nutzen und meine Rolle voll und ganz auszukosten.

In gewissem Maße war das leicht, denn unsere Prozession bot ohnehin schon einen Anblick für sich. Guido und Nunzio trugen ihre Arbeitskleidung, Trenchcoats und Waffen, und gingen voran, um uns einen Weg durch die Reihen der Gaffer zu bahnen. Tanda und Chumly bildeten die Nachhut, äußerst grimmig wirkend, wie sie jeden mit Blicken straften, der uns auch nur eine Spur zu nahe zu kommen drohte. Aahz schritt unmittelbar vor mir, unseren Spieleinsatz in zwei großen Säcken tragend. Wenn irgend jemand auf den Gedanken gekommen wäre, uns um des Geldes willen aufzuhalten, so hätte ihn ein einziger Blick auf seinen stolzierenden Gang und das Glitzern in seinen gelben Augen schnell davon überzeugt, daß es doch wohl leichtere Möglichkeiten gab, reich zu werden ... beispielsweise mit Drachen zu ringen oder im Sumpfland Gold zu waschen.

Markie hatten wir zu Hause zurückgelassen, nicht ohne daß deswegen sie lauthals und zornig protestierte. Doch ich war hart geblieben. Dieses Spiel würde schon schwierig genug sein, auch ohne daß sie mich dabei ablenkte. Massha hatte sich freiwillig erboten, bei ihr zu bleiben, sie hatte behauptet, ohnehin viel zu nervös zu sein, das Spiel mitansehen zu können.

Bunny war in strahlendes Weiß gekleidet und hing an meinem Arm, als sei ich das Wichtigste in ihrem Leben. Es waren nicht wenige neidische Blicke, die sich mal auf mich, mal auf sie richteten.

Doch machte sich niemand Illusionen darüber, wer im eigentlichen Mittelpunkt stand. Erraten. Ich! Schließlich war ich unterwegs, um mir mit dem legendären Pfefferminz-Kind auf seinem eigenen Heimfeld einen Zweikampf zu erlauben ... am Kartentisch. Bunny hatte meine Kleidung für mich ausgesucht, und so trug ich in aller Pracht ein dunkelmaronenfarbenes offenes Hemd mit einer leichten holzkohlegrauen Hose und eine Weste. Ich sah aus und fühlte mich wie eine Million — na ja, machen wir lieber eine Viertelmillion daraus. Wenn man mir heute abend meinen eigenen Kopf schon auf einem Silberteller servieren würde, so würde ich ihn doch wenigstens mit Stil entgegennehmen können ... und darum ging es bei dieser ganzen Übung ja sowieso nur.

Ich versuchte nicht einmal, Aahz' Gang nachzuahmen, wohlwissend, daß ich bei einem Vergleich nicht sonderlich gut abschneiden würde. Statt dessen begnügte ich mich mit einem langsamen, gemessenen, würdevollen Gang, während ich huldvoll nickte und den Glückwünschenden zuwinkte. Es ging darum, gelassene Zuversicht auszustrahlen. Tatsächlich jedoch bewirkte es, daß ich das Gefühl hatte, als würde ich zum Schafott gehen, doch tat ich mein Bestes, um es zu verbergen und weiterhin zu lächeln.

Je näher wir dem Gleiche Chancen kamen, um so dichter wurde die Menge, und mit einigem Erstaunen erkannte ich, daß dies am Spiel lag. Wer nicht genug Muskeln oder Geld hatte, um im Inneren des Clubs einen Platz zu ergattern, hing in der näheren Umgebung herum in der Hoffnung, der erste zu sein, der das Endergebnis des Spiels erfahren würde. Ich hatte zwar schon immer gewußt, daß das Glücksspiel im Bazar großgeschrieben wurde, hätte aber nie gedacht, daß es gleich *so* beliebt war.

Als wir uns näherten, teilte sich die Masse und gab uns den Weg zur Tür frei. Mittlerweile begann ich, Gesichter in der Menge zu erkennen, Leute, die ich kannte. Da war Gus, der mir begeistert zuwinkte, und dort drüben ...

»Vic!«

Ich löste mich aus unserer geraden Marschlinie heraus, und die ganze Prozession blieb stehen.

»Hallo, Skeeve!« lächelte der Vampir und klopfte mir auf die Schulter. »Ich wünsche dir viel Glück heute nacht!«

»Das werde ich auch nötig haben!« gestand ich. »Aber im Ernst, ich wollte sowieso schon mal bei dir vorbeikommen und dir für deine Warnung vor der Axt danken.«

Vics Miene verdüsterte sich. »Da wirst du möglicherweise Schwierigkeiten haben, mich zu finden. Ich werde bald mein Büro los sein.«

»Wirklich? Läuft das Geschäft so schlecht?«

»Noch schlechter. Hier gibt es wirklich fürchterlich viel Konkurrenz.«

»Na schön, ich will dir was sagen. Warum kommst du nicht morgen mal bei mir vorbei, dann können wir uns unterhalten. Vielleicht können wir einen kleinen Kredit ausarbeiten, oder dir möglicherweise manche Aufträge weitervermitteln, bis du dich etabliert hast.«

»He! Danke, Skeeve!«

Da hatte ich einen plötzlichen Einfall. »Komm doch gegen Mittag, dann können wir zusammen essen!«

Das schien mir eine wirklich gute Idee zu sein. Warum waren Geschäftsleute eigentlich nie auf die Idee gekommen, Ideen beim Mittagessen auszubrüten! Aus irgendeinem Grund zuckte Vic allerdings leicht zusammen, bevor er mein Lächeln erwiderte.

»Also zum Mittagessen«, sagte er.

»Äh ... ich unterbreche dich ja nur ungern, Partner, aber du hast immerhin eine Verabredung, zu der du auch erscheinen solltest.«

»Richtig, Aahz. Vic! Bis morgen!«

Mit diesen Worten ließ ich mich ins Gleiche Chancen führen.

Als ich in die Bar und den Spielsalon trat, brach Applaus aus, und ich mußte mich zügeln, um nicht hinter mich zu blicken. Ob sie für mich waren oder gegen mich, auf jeden Fall waren die Leute gekommen, um dem Spiel zuzusehen, und zum mindesten waren sie mir dafür dankbar, daß ich ihnen eine spannende Abendunterhaltung bot.

Klasse. Da war ich im Begriff, eine Viertelmillion in Gold zu riskieren, nur damit die Leute nicht das sommerliche Wiederholungsprogramm sehen mußten.

Seit meinem letzten Besuch hatte man das Innere des Clubs verändert. Nun stand mutterseelenallein mitten im Raum ein einziger Kartentisch, während Dutzende von Leuten die Wände säumten. Die Menge draußen vor der Tür mochte zwar größer sein, dafür machte die Gruppe im Inneren des Clubs durch Prominenz wieder wett, was sie an reiner Quantität nicht zu bieten hatte. Ich erkannte zwar nicht gleich jeden, doch jene, bei denen ich es tat, weckten in mir den Glauben, daß der ganze »Who's Who« von Tauf gekommen war, um sich das Spiel anzusehen. Hayner, mein Hausbesitzer und Chef der Handelskammer von Tauf, war ebenso anwesend wie seine üblichen Busenfreunde. Als sich unsere Blicke trafen, nickte er höflich, doch hegte ich den Argwohn, daß er in Wirklichkeit darauf hoffte, mich verlieren zu sehen.

Don Bruce war wie versprochen ebenfalls da; er riß die Arme hoch über den Kopf, verschränkte die Hände und schüttelte sie leicht, die ganze Zeit lächelnd. Ich schätze, das sollte ein Zeichen der Ermutigung sein. Wenigstens hoffte ich, daß ich auf diese Weise, nicht in Wirklichkeit durch irgendein geheimes Todeszeichen des Syndikats, begrüßt wurde. Natürlich fiel mir das erst ein, nachdem ich zurückgewinkt hatte.

»Skeeve. SKEEVE! Hast du einen Augenblick Zeit?«

Ich blickte mich um und sah den Giek, der neben mir stand.

»Klar doch, Giek«, meinte ich achselzuckend. »Was kann ich für dich tun?«

Der Täufler wirkte extrem nervös, seine Hautfarbe hatte einige Grade ihrer normalen Tönung eingebüßt.
»Ich ... du kannst mir versprechen, es mir nicht nachzutragen. Ich verspreche dir, daß die Sache heute nacht nichts mit mir zu tun hat. Ich habe lediglich alles arrangiert, nachdem das Kind dich herausgefordert hat. Ich habe ihm nicht deinen Namen genannt ... ganz ehrlich.«
Ich fand seine Einstellung gelinde gesagt überraschend.
»Klar doch, Giek. Ich hätte nie geglaubt, daß du ...«
»Wenn ich gewußt hätte, daß es hierzu kommen würde, hätte ich dich überhaupt nicht erst zu meinem Spiel eingeladen, und schon gar nicht ...«
Plötzlich war ich hellwach.
»Einen Augenblick mal, Giek! Wovon redest du da?«
»Du bist doch hoffnungslos unterlegen!« erklärte der Täufler und blickte sich furchtsam um. »Gegen das Kind hast du nicht die geringste Chance. Ich wollte nur, daß du verstehst, daß ich dich nicht irgendwie linken wollte, falls du heute abend dein ganzes Geld verlierst. Ich möchte nicht, daß du oder deine Mannschaft sich plötzlich mit Mordlust auf mich stürzen.«
Nun wissen Sie ja, daß ich wußte, daß ich unterlegen war. Was mich jedoch verblüffte, war die Tatsache, daß der Giek es auch wußte.
»Giek, ich glaube, wir sollten lieber ...«
Ein lauter Applausschwall und Freudenrufe unterbrachen mich. Als es mir gelungen war, den Hals so weit zu recken, um zu erkennen, was los war, war der Giek bereits in der Menge verschwunden.
»Wer ist denn das?« fragte ich und zeigte mit einem

Nicken auf die Gestalt, die soeben den Club betreten hatte.

Aahz legte mir einen tröstenden Arm um die Schultern.

»Das ist er. Das ist das Pfefferminz-Kind.«

»DAS SOLL DAS KIND SEIN????!!«

Der Mann im Türrahmen war gewaltig, er war riesig ... das heißt, er hatte Masshas Größe. Aus irgendeinem Grund hatte ich jemanden erwartet, der meiner Altersgruppe näher stand. Mit dieser Figur verhielt es sich jedoch ganz anders.

Er war völlig haarlos, besaß weder Bart noch Augenbrauen und hatte eine Glatze. Seine Haut war von leicht blauer Farbe, und in Verbindung mit seinen Fettmassen und Falten verlieh sie ihm das Aussehen einer Bowlingkugel, aus der man die Hälfte der Luft herausgelassen hatte. Seine Augen waren jedoch äußerst dunkel und glitzerten leicht, als sie sich auf mich richteten.

»Das ist das Kind?« wiederholte ich.

Aahz zuckte die Schultern. »So wird er schon ziemlich lange genannt.«

Der Fleischberg hatte zwei Beutel dabei, die jenen sehr ähnlich sahen, die Aahz für uns getragen hatte. Wie beiläufig reichte er sie einem der Zuschauer.

»Wechseln!« befahl er mit dröhnender Stimme. »Ich habe gehört, daß hier heute abend ein Spiel stattfinden soll.«

Aus irgendeinem Grund weckte dies im Publikum lärmendes Gelächter und Applaus. Ich hielt die Bemerkung für nicht ganz so komisch, lächelte aber höflich. Den Augen des Kinds entging mein Mangel an Begeisterung nicht, und sie glitzerten mit verstärkter Heftigkeit.

»Du mußt der Große Skeeve sein.«

Seine Stimme war ein gefährliches Schnurren, dennoch hallte sie von den Wänden wider. Mit überraschend leichtfüßigem Schritt kam er auf mich zu und streckte mir zur Begrüßung die Hand entgegen.

Der Menge schien der Atem zu stocken.

»... und du mußt der sein, den man das Pfefferminz-Kind nennt«, erwiderte ich, meine Hand seinem Griff überantwortend.

Wieder war ich überrascht ... diesmal von der Sanftheit seines Händedrucks.

»Ich hoffe nur, daß deine Magie nicht so gut ist wie dein Ruf.«

»Merkwürdig, ich habe nämlich gerade gehofft, daß dein Glück so miserabel ist wie deine Witze.«

Ich wollte eigentlich gar nicht beleidigend sein. Der Satz war mir einfach so rausgerutscht.

Die Miene des Kinds erstarrte.

Ich hoffte, daß irgend jemand etwas sagen würde, um das Thema zu wechseln, doch der ganze Raum hallte von Schweigen wider.

Plötzlich legte mein Gegner den Kopf zurück und lachte herzlich. »Das gefällt mir!« erklärte er. »Weißt du, bisher hat noch nie jemand den Mumm gehabt, mir zu sagen, daß meine Witze stinken. Langsam beginne ich zu verstehen, woher du den Mut hattest, meine kleine Herausforderung anzunehmen.«

Der Raum erwachte zum Leben, alles redete oder lachte gleichzeitig drauflos. Ich hatte das Gefühl, als hätte ich soeben irgendein Einweihungsritual bestanden. Eine Woge der Erleichterung durchflutete mich ... doch war sie noch von etwas anderem gefärbt. Ich merkte, daß ich das Kind mochte. Ob jung oder nicht, er war jedenfalls nicht das Schreckgespenst, das ich erwartet hatte.

»Danke, Kind«, sagte ich ruhig und so leise, daß

uns in dem Lärm niemand verstand. »Ich muß zugeben, daß ich Leute zu schätzen weiß, die über sich selbst lachen können. Das muß ich auch so oft tun.«

»Wie recht du hast«, erwiderte er murmelnd und blickte sich vorher um, um sicherzugehen, daß niemand zuhörte. »Diese ganze Sache kann einem zu Kopf steigen, wenn man es zuläßt. Sag mal, hättest du Lust auf einen Drink, bevor wir anfangen?«

»Nein, mit Sicherheit nicht!« lachte ich. »Ich möchte einen klaren Kopf behalten, wenn wir loslegen.«

»Wie du meinst«, meinte er achselzuckend.

Bevor ich noch etwas erwidern konnte, hatte er sich schon zur Menge herumgedreht und die Stimme erneut erhoben. »Könnt ihr vielleicht ein bißchen leiser sein?« brüllte er. »Wir wollen hier oben nämlich Karten spielen!«

Wie von Zaubererhand verstummte das Geräusch jäh, und alle Blicke richteten sich wieder auf uns beide.

Ich ertappte mich bei dem Wunsch, daß ich doch lieber den Drink angenommen hätte.

›Man muß kein Mathematiker sein,
um das Meer zu teilen.‹

Moses

18

Der Tisch erwartete uns. Es gab nur zwei Stühle, vor jedem lagen säuberlich gestapelt die Chips.

Einen kurzen Augenblick geriet ich in Panik, als mir klarwurde, daß ich überhaupt nicht wußte, welcher Stuhl nach Süden zeigte, doch Aahz kam mir zur Hilfe. Er schoß aus der Menge hervor, zog einen Stuhl zurück und bot ihn mir zum Sitzen an. Für die Zuschauer sah es aus wie eine höfliche Geste, nur meine Freunde wußten, daß ich einem völligen Umkrempeln der Regeln, die ich so mühsam auswendig gelernt hatte, verdammt nahe gekommen war.

»Karten!« befahl das Kind und streckte eine Hand aus, während er sich mir gegenüber auf den anderen Stuhl setzte.

Ein brandneues Spiel tauchte in seiner Hand auf. Er untersuchte es wie ein Glas guten Weines, hielt es gegen das Licht, um sich davon zu überzeugen, daß die Hülle unversehrt war, ja, er beschnüffelte sogar die Versiegelung, um sicherzugehen, daß es sich um denselben Fabrikleim handelte.

Zufrieden bot er mir das Blatt an. Ich lächelte und spreizte meine Hände zum Zeichen meiner Befriedigung. Ich meine, was sollte es auch! Wenn er an dem Blatt nichts auszusetzen hatte, war es ja wohl offensichtlich, daß ich auch keine Manipulation bemerken würde.

Doch schien die Geste ihn zu beeindrucken, und er verneigte sich leise, bevor er das Blatt anbrach. Kaum hatten die Karten die Schachtel verlassen, schienen seine dicklichen Finger auch schon ein Eigenleben zu entwickeln. Mit schnellen Bewegungen entfernten sie die Joker, dann zogen sie immer zwei Karten auf einmal vom Stapel, eine von oben, die andere von unten.

Während ich zusah, erkannte ich, warum sein Händedruck so sanft gewesen war. So groß sie auch waren, gingen seine Finger anmutig, zart und gefühlvoll vor. Das waren nicht die Hände eines Schwerarbeiters oder auch nur die eines Kämpfers. Sie existierten nur zu einem Zweck: um mit einem Kartenspiel zu hantieren.

Inzwischen waren die Karten grob gemischt. Das Kind nahm den Stapel auf, strich die Kanten glatt und mischte sie mehrmals sehr schnell. Seine Bewegungen waren so präzise, daß er die Karten nicht mehr auszurichten brauchte, als er fertig war ... er legte sie einfach mitten auf den Tisch.

»Abheben?« fragte er.

Ich wiederholte meine Geste. »Verzichte.«

Selbst dies schien das Kind zu beeindrucken ... und die Menge auch. Ein leises Murmeln perlte durch den Raum, als man Vor- und Nachteile meiner Taktik diskutierte. Die Wahrheit war allerdings, daß ich mich angesichts der Fertigkeit des Kinds genierte, meine eigene Unbeholfenheit zur Schau zu stellen.

Er griff nach dem Stapel, und wieder erwachten die Karten zu neuem Leben. In einem hypnotisch wirkenden Rhythmus begann er den Stapel zu teilen und die Karten wieder miteinander zu vereinen, während er mich die ganze Zeit ohne das leiseste Liderzucken anblickte. Ich wußte, daß sein starrer

Blick zu seiner Taktik gehörte, war jedoch machtlos, um gegen die Wirkung anzukämpfen.

»Sagen wir eintausend als Einstand?«

»Sagen wir doch fünftausend«, erwiderte ich.

Seine Hände gerieten einen Moment ins Stocken. Das Kind begriff, daß er ausgerutscht war, und überspielte es hastig. Die Karten beiseite legend, griff er nach seinen Chips.

»Gut, fünftausend«, sagte er und warf eine Handvoll davon auf die Tischmitte. »Und dazu – mein Markenzeichen!«

Ein kleines weißes Pfefferminzbonbon folgte den Chips in den Topf.

Ich zählte gerade meine eigenen Chips aus, als mir etwas einfiel.

»Wieviel ist das wert?« fragte ich und zeigte auf das Bonbon.

Mein Gegner zeigte sich überrascht.

»Was? Das Pfefferminzbonbon? Ein Kupferstück die Rolle. Aber du brauchst nicht ...«

Bevor er zu Ende geredet hatte, legte ich eine kleine Münze zu meinen Chips, schob sie auf die Tischmitte zu, grabschte mir das Bonbon und steckte es in den Mund. Diesmal keuchte das Publikum regelrecht auf, bevor es wieder verstummte. Mehrere Herzschläge lang war im Raum nicht das leiseste Geräusch zu hören außer dem Bonbon, das zwischen meinen Zähnen zerbarst. Beinahe hätte ich meine kühne Tat bereut. Die Pfefferminze war unglaublich kräftig.

Schließlich grinste das Kind.

»Verstehe. Du frißt mein Glück auf, wie? Gut. Sehr gut. Allerdings wirst du feststellen, daß es etwas mehr bedarf, um mein Spiel durcheinanderzubringen.«

Sein Ton war jovial, doch seine Augen verdunkelten sich noch mehr als vorher, und sein Mischen nahm einen schärferen, rachsüchtigeren Klang an. Ich wußte, daß ich einen Treffer gelandet hatte.

Verstohlen blickte ich zu Aahz hinüber, der mich ganz offen anzwinkerte.

»Abheben!«

Vor mir lag der Kartenstapel. Mit gezwungener Gleichgültigkeit teilte ich ihn grob in zwei Hälften, dann lehnte ich mich wieder in meinem Stuhl zurück. Während ich versuchte, äußerlich gelassen zu wirken, kreuzte ich innerlich meine Finger und Zehen und alles, was sich kreuzen ließ. Ich hatte meine eigene Strategie entwickelt und sie mit niemandem besprochen ... nicht einmal mit Aahz. Nun würden wir sehen, wie gut sie funktionierte.

Eine Karte ... zwei Karten ... drei Karten glitten über den Tisch auf mich zu, mit dem Gesicht nach unten. Sie blieben in säuberlicher Reihe vor mir liegen, ein weiterer Beweis für die Kunstfertigkeit des Kindes, und lagen dort vor mir wie Tretminen.

Ich ignorierte sie und wartete auf die nächste Karte.

Die kam auch, mit dem Gesicht nach oben legte sie sich neben ihre Brüder. Es war die Karosieben, und nun gab das Kind sich selbst ... Karozehn!

Wie ein Lied, an das ich mich gar nicht zu erinnern wünschte, kehrten die Regeln zu mir zurück. Eine aufgedeckte Zehn bedeutete, daß meine Sieben tot war ... wertlos.

»Soviel zum Auffressen meines Glücks, wie?« gluckste das Kind und blickte schnell seine abgedeckten Karten an. »Meine Zehn bietet ... fünftausend.«

»... und nochmals fünf.«

Diesmal war das Keuchen der Menge noch lauter –

möglicherweise weil meine Trainer sich ihr angeschlossen hatten. Ich hörte, wie Aahz sich laut räusperte, weigerte mich aber, in seine Richtung zu blicken. Offensichtlich hatte er entweder erwartet, daß ich paßte oder sehen ließ ... möglicherweise weil das das Richtige gewesen wäre.

»Bist ja fürchterlich stolz auf deine tote Karte da«, sagte das Kind nachdenklich. »Also gut. Ich gehe mit. Der Topf ist voll.«

Zwei weitere Karten schwebten mit dem Gesicht nach oben auf den Tisch. Ich bekam eine Zehn! Genaugenommen die Kreuzzehn. Die neutralisierte seine Zehn und erweckte meine Sieben zu neuem Leben.

Das Kind bekam das Herzeinhorn. Eine Jokerkarte! Nun hatte ich Zehn-Sieben hoch gegen seine zwei Zehnen.

Klasse.

»Ich will gar nicht versuchen, dich zu bluffen.« Mein Gegner lächelte. »Zwei Zehnen sind ... zwanzigtausend wert.«

»... und erhöhe um zwanzig.«

Das Lächeln des Kindes verblaßte. Sein Blick huschte zu meinen Karten hinüber, dann nickte er. »Gehe mit.«

Kein Kommentar. Kein geistreicher Scherz. Ich hatte ihn nachdenklich gemacht.

Die nächsten Karten waren unterwegs. Die Herzdrei fügte sich meiner Reihe an. Eine tote Karte. Auf der gegenüberliegenden Seite erhielt das Kind ...

Die Herzzehn!

Nun blickte ich auf drei Zehnen gegen meine Zehn-Sieben hoch! Einen Augenblick lang geriet meine Entschlossenheit ins Wanken, doch ich kämpfte dagegen an. Ich steckte schon zu tief drin, um jetzt noch einen Rückzieher machen zu können. Das Kind musterte mich nachdenklich. »Ich nehme nicht an, daß du darauf dreißig setzen würdest?« fragte er.

»Ich gehe nicht nur mit, ich erhöhe auch nochmals um dreißig.«

Im Raum ertönten erstickte Rufe des Unglaubens, sowie einige weniger erstickte. Unter letzteren erkannte ich ein paar allzu vertraute Stimmen wieder.

Das Kind schüttelte nur den Kopf und gab die entsprechende Anzahl Chips in den Topf, ohne ein Wort zu sagen. Die Zuschauer verstummten wieder und reckten die Hälse, um die nächsten Karten sehen zu können.

Pikdrache für mich und Herzoger für das Kind.

Das nützte keinem der beiden Blätter viel ... nur daß das Kind jetzt drei aufgedeckte Herzkarten besaß.

Einige Augenblicke musterte jeder das Blatt des anderen.

»Ich muß zugeben, daß ich nicht begreife, worauf du eigentlich setzt, Skeeve«, seufzte mein Gegner. »Aber dieses Blatt hier ist fünfzig wert.«

»... und erhöhe um fünfzig.«

Anstatt zu antworten, lehnte sich das Kind zurück und starrte mich an.

»Sag mir etwas«, sagte er. »Entweder ist es mir völlig entgangen, oder du hast dir deine verdeckten Karten noch gar nicht angeguckt.«

»Das stimmt.«

Die Menge begann wieder zu murren. Wenigstens einigen Zuschauern war das entgangen.

»Du setzt also blind?«
»Richtig.«

»Und erhöhst bis zum Maximum.«
Ich nickte.
»Das verstehe ich nicht. Wie willst du da gewinnen?«

Ich musterte ihn einen Augenblick, bevor ich antwortete. Es war wohl nicht übertrieben zu behaupten, daß ich die volle Aufmerksamkeit des Raums auf mich gelenkt hatte.

»Kind, im Drachenpoker bist du der Beste. Du hast Jahre damit verbracht, deine Fertigkeiten zu schulen, um der Beste zu werden, und nichts, was heute abend passieren kann, wird daran etwas ändern. Ich dagegen, ich habe nur Glück ... sofern man es so nennen kann. Ich habe eines nachts mal Glück gehabt, und das hat mir irgendwie die Chance eingebracht, heute abend gegen dich spielen zu dürfen. Deshalb setze ich auch auf diese Weise.«

Das Kind schüttelte den Kopf. »Vielleicht bin ich etwas schwer von Begriff, aber ich verstehe es noch immer nicht.«

»Auf lange Sicht würden sich deine Fähigkeiten gegen mein Glück durchsetzen. Das ist immer so. Ich schätze, die einzige Chance, die ich habe, besteht darin, alles auf ein einziges Blatt zu setzen ... alles oder nichts. Kein noch so großes Können aller Dimensionen kann den Ausgang einer einzigen Runde beeinflussen. Das kann nur das Glück ... was uns gleichrangig macht.«

Mein Gegner verdaute meine Worte einige Augenblicke lang, dann legte er den Kopf zurück und lachte dröhnend.

»Das gefällt mir!« krähte er. »Ein Topf von einer halben Million, alles von einem einzigen Blatt abhängig! Skeeve, dein Stil gefällt mir. Ob ich gewinne oder verliere, es war mir eine Freude, gegen dich antreten zu dürfen.«

»Danke, Kind. Mir geht es genauso.«

»In der Zwischenzeit will dieses Blatt hier noch gespielt werden. Ich möchte diese ganzen Leute nicht vor Spannung platzen sehen, wo wir doch genau wissen, wie das Reizen ausgehen wird.«

Er schob seine restlichen Chips in den Topf. »Ich gehe mit und erhöhe erneut ... fünfunddreißig. Das ist der ganze Einsatz.«

»Einverstanden«, sagte ich und schob auch meine Chips nach vorn.

»Nun wollen wir einmal sehen, was wir haben«, meinte er, nach dem Stapel greifend.

Karozwei für mich ... Kreuzacht für das Kind ... dann jeweils eine weitere Karte mit dem Gesicht nach unten.

Die Menge drängte sich dichter heran, als mein Gegner seine letzte Karte anspähte.

»Skeeve«, sagte er beinahe bedauernd, »du hast eine interessante Strategie verfolgt, aber mein Blatt ist gut ... verdammt gut.«

Er drehte zwei seiner Karten um.

»Voller Drache ... vier Oger und zwei Zehnen.«

»Nettes Blatt«, gab ich zu.

»Ja. Wirklich. Und jetzt wollen wir einmal sehen, was du hast.«

Mit soviel Fassung, wie ich nur aufbringen konnte, drehte ich meine verdeckten Karten um.

>*Kannst du denn keinen Scherz vertragen?*‹

T. Eulenspiegel

19

Massha hob den Blick von ihrem Buch und den Bonbons, als wir durch die Tür kamen.
»Das ging aber schnell«, sagte sie. »Wie ist es gelaufen?«
»Hallo Massha. Wo ist Markie?«
»Oben in ihrem Zimmer. Als sie das zweite Mal versucht hat, sich hinauszustehlen, hab ich sie ins Bett geschickt und Posten an der Tür bezogen. Was war mit dem Spiel?«
»Hm, ich meine immer noch, daß du unrecht hattest«, knurrte Aahz. »Von allen dämlichen Nummern, die du jemals abgezogen hast ... «
»Komm schon, Partner. Was geschehen ist, ist geschehen. In Ordnung? Du bist doch bloß wütend, weil ich dich nicht zuvor um Rat gefragt habe.«
»Das ist wohl das Wenigste, was ...«
»HÄTTE VIELLEICHT IRGEND JEMAND MAL DIE GÜTE, MIR ZU SAGEN, WAS PASSIERT IST?«
»Was? Entschuldige, Massha. Ich habe gewonnen. Aahz ist böse, weil ...«
Plötzlich wurde ich zum Opfer einer Riesenumarmung und eines ebensolchen Kusses, als mein Lehrling nämlich ihr Entzücken über diese Nachricht zum Ausdruck brachte.
»Und wie der gewonnen hat! Mit einem einzigen Blatt hat er gewonnen«, grinste Tanda. »So etwas habe ich noch nie gesehen.«
»Drei Einhörner und die Kreuzsechs im Keller«,

tobte Aahz. »Drei Jokerkarten, die, entsprechend der Einmal-pro-Nacht-Verschiebungsregel der Karosieben als Endergebnis ...«

»Einen verdammten Straight Flush!« sang Chumly. »Was den Vollen Drachen des Kindes wegputzte und den größten Topf dazu, den der Bazar jemals gesehen hat.«

»Ich wußte, daß du es schaffen würdest, Papi!« kreischte Markie, als sie aus ihrem Versteck an der Treppe hervorschlüpfte.

Soweit zum Thema frühes Zubettgehen.

»Ich wünschte, du hättest das Gesicht des Kindes gesehen, Massha«, fuhr der Troll fröhlich fort. »Ich wette, der wünscht sich jetzt, daß er lieber ein Mittel gegen Magensäure statt Pfefferminzbonbons mitgenommen hätte.«

»Du hättest die Zuschauer sehen sollen. Darüber reden die noch jahrelang!«

Massha ließ mich schließlich wieder herunter und hob eine Hand.

»Pause! Einen Augenblick mal! Ich habe das Gefühl, daß ich irgendwo etwas verpaßt habe. Das Schätzchen hier hat also gewonnen. Richtig? Das heißt, er ist mit der ganzen Knete davonstolziert?«

Bruder und Schwester nickten kräftig. Ich selbst versuchte lediglich, wieder zu Atem zu kommen.

»Warum speit der grüne Schuppige hier dann soviel Dampf hervor? Hätte doch meinen sollen, daß er die Jubelei sogar anführt.«

»WEIL ER DAS GANZE GELD VERSCHENKT HAT! DESHALB!!!«

»Ja. Das würde die Sache schon erklären.« Massha nickte nachdenklich.

»Ach, komm schon, Aahz! Ich habe es nicht *verschenkt*.«

Aahz trat auf mich zu und streckte die Hand aus, und meine Lungen pumpten sich sicherheitshalber schon mal voll Luft.

»Holla! Wartet!« sagte mein Lehrling und trat zwischen uns. »Bevor ihr beide wieder loslegt, unterhaltet euch erst einmal mit Massha. Vergeßt nicht, ich bin diejenige, die nicht dabei war.«

»Na ja, nach dem Spiel haben das Kind und ich uns unterhalten. Er ist wirklich ein netter Bursche, und ich habe erfahren, daß er so ziemlich alles gesetzt hatte, was er besaß ...«

»Das hat er *behauptet*«, schnaubte Aahz. »Ich meine, der wollte bloß auf unsere Tränendrüsen drücken.«

»... und da bin ich nachdenklich geworden. Ich hatte hart daran gearbeitet, um dafür zu sorgen, daß sowohl der Ruf des Kindes als auch mein eigener intakt blieb, egal wie das Spiel enden mochte. Was ich wirklich wollte, das war, mich aus der Drachenpokerszene zurückzuziehen, damit *er* die ganzen hitzigen Herausforderer übernimmt ...«

»Damit bin ich einverstanden.«

»Aahz! Laß ihn doch ausreden. Okay?«

»... aber er konnte ja wohl schlecht weiterspielen, wenn er pleite war, und das hätte mich zum logischen Ziel der Emporkömmlinge gemacht, also ließ ich ihn die Viertelmillion behalten, die er verloren hatte ...«

»Siehst du! SIEHST DU!!!! Was habe ich dir gesagt?«

»... und zwar als KREDIT, damit er bei späteren Spielen davon seinen Einsatz bestreiten kann ...«

»Da wußte ich, daß er ... ein *Kredit??*«

Ich grinste meinen Partner an.

»Ja. Wie in dem Ausdruck ›sein Geld für sich arbeiten lassen, anstatt es zu horten‹. Eine Vorstellung, die du, wie ich glaube, recht interessant fandest, als sie das erste Mal vorgeschlagen wurde. Aber du bist natürlich völlig außer dir davongestampft, bevor wir zu diesem Teil der Vereinbarung gekommen sind.«

Egal wieviel Sarkasmus ich hineinlegen mochte, von Aahz perlte er ab, ohne den geringsten Eindruck zu hinterlassen, was nicht weiter verwunderlich ist, wenn man bedenkt, daß wir schließlich über Geld sprachen.

»Ein Kredit also, wie?« sagte er nachdenklich. »Zu welchen Bedingungen?«

»Sag es ihm, Bunny.«

»BUNNY??«

»He! Du warst nicht dabei, weißt du noch? Da habe ich beschlossen, mal zu sehen, was unsere Buchhalterin so kann. Bunny?«

»Na ja, ich habe noch nie mit Spielgeld zu tun gehabt, der Kalauer war keine Absicht, haha, also mußte ich ein bißchen nach Gefühl vorgehen. Ich glaube aber, ich habe eine ziemlich gute Lösung für uns gefunden.«

»Nämlich …?«

»Bis das Kind den Kredit zurückzahlt … und das muß im Ganzen geschehen, also keine Teilzahlungen, bekommen wir die Hälfte von seinen Gewinnen.«

»Hmmm«, murmelte mein Partner. »Nicht schlecht.«

»Wenn dir etwas anderes eingefallen sein sollte, was ich außerdem noch hätte herausschinden können, bin ich offen für …«

»Wenn ihm irgend etwas anderes eingefallen wäre«, sagte ich und zwinkerte ihr zu, »dann kannst du dich darauf verlassen, daß er es schon herausgebrüllt hätte. Du hast großartige Arbeit geleistet, Bunny.«

»He! Danke, Skeeve!«

»Und wenn jetzt jemand vielleicht so nett wäre, den Wein zu holen, mir ist nämlich nach Feiern zumute.«

»Boß, dir ist natürlich klar, daß eine Menge Leute jetzt wissen, daß du verdammt viel Bargeld zur Hand hast«, ermahnte mich Guido und kam näher. »Sobald Nunzio zurück ist, werden wir uns mal ein bißchen um die Sicherheit hier kümmern, wenn du verstehst, was ich meine.«

»Wo ist Nunzio überhaupt?« fragte Massha, um sich blickend.

»Der kommt gleich wieder«, lächelte ich. »Ich habe ihn nach dem Spiel auf eine kleine Besorgung geschickt.«

»Na, denn mal Prost, auf dich, Skeeve!« rief Chumly, seinen Pokal hebend. »Nach all den Sorgen, die wir uns gemacht haben, wie dein Ruf den Wettkampf mit dem Kind überstehen würde, muß ich sagen, daß du jetzt weitaus besser dastehst als vorher.«

»Allerdings«, kicherte seine Schwester. »Ich frage mich, was die Axt wohl davon hält.«

Das war das Stichwort, auf das ich gewartet hatte. Ich nahm einen tiefen Atemzug und einen noch tieferen Schluck Wein, um schließlich meine gelassenste Miene zur Schau zu stellen.

»Wozu das Spekulieren, Tanda? Warum nicht direkt fragen?«

»Wie war das, Skeeve?«

»Ich sagte, warum die Axt nicht direkt fragen? Schließlich ist sie hier unter uns im Zimmer.«

Die fröhliche Stimmung verflüchtigte sich im Nu, als alle mich anstarrten.

»Partner«, murmelte Aahz, »ich dachte, wir hätten die Sache in dem Gespräch mit Don Bruce bereits erledigt.«

Ich winkte ab.

»Wenn ich ehrlich bin, bin ich selbst ein bißchen neugierig zu erfahren, was die Axt davon hält. Warum erzählst du es uns nicht ... Markie?«

Als sich alle Blicke auf sie richteten, krümmte mein Schützling sich zusammen.

»Aber, Papi ... ich bin doch nicht ... du ... ach, herrje! Du hast es also herausbekommen, wie?«

»Ja.« Ich nickte, empfand dabei aber nicht das leiseste Triumphgefühl.

Sie seufzte schwer. »Na schön. Ich wollte sowieso das Handtuch schmeißen. Ich hatte nur gehofft, daß ich noch rechtzeitig den Rückzug antreten könnte, bevor meine Tarnung aufflog. Wenn ihr nichts dagegen habt, würde ich jetzt gerne auch einen Schluck Wein trinken.«

»Bedien dich.«

»MARKIE?!?«

Aahz hatte sich inzwischen hinreichend erholt, um Geräusche von sich geben zu können. Natürlich ist das bei ihm ein Reflex. Die anderen arbeiteten noch daran.

»Laß dich nicht von dem Kleinen-Mädchen-Aussehen täuschen, Aahz«, meinte sie und zwinkerte ihm zu. »In meiner Dimension sind die Leute klein und weich. In der richtigen Kleidung ist es nicht schwierig, jünger zu erscheinen, als man wirklich ist ... sehr viel jünger.«

»Aber ... aber ...«

»Denk doch mal einen Augenblick darüber nach,

Aahz«, warf ich ein. »Wir hatten schon am allerersten Tag sämliche Hinweise in der Hand. Kinder, vor allem kleine Mädchen, bringen einen bestenfalls in Verlegenheit, schlimmstenfalls bedeuten sie einen Haufen Ärger. Der Trick ist, daß man *erwartet*, daß sie Ärger machen, so daß man gar nicht erst auf den Gedanken kommt, daß das, was sie tun, möglicherweise absichtlich und geplant geschieht.«

Ich machte eine Pause, um einen Schluck Wein zu mir zu nehmen, und ausnahmsweise unterbrach mich niemand mit Fragen.

»Wenn wir die Sache einmal im nachhinein betrachten, so hängen die meisten unserer Probleme direkt oder indirekt mit Markie zusammen. Sie ist damit herausgeplatzt, daß Bunny in meinem Bett lag, um Tanda zu ärgern, und als das nicht funktioniert hat, hat sie ein paar Sticheleien darüber angebracht, daß sie hier umsonst lebe, was sie zu der Überlegung bewegte, auszuziehen ... genau wie sie absichtlich dafür sorgte, daß Massha mitten in ihrer Magiklektion schlecht aussah, und zwar aus dem gleichen Grund – um sie nämlich dazu zu bringen, fortzugehen.«

»Hat ja auch fast geklappt«, bemerkte mein Lehrling nachdenklich.

»Die Geschichte im Bazar war auch kein Unfall«, fuhr ich fort. »Sie brauchte nur auf die richtige Gelegenheit zu warten, um so zu tun, als würde sie wütend werden, damit wir nicht den Verdacht hegten, daß sie alles absichtlich in die Luft jagte. Falls ihr euch daran erinnert, sie hat sogar versucht, mich davon zu überzeugen, daß ich eigentlich gar keine Drachenpokerlektionen nötig hätte.«

»Natürlich«, warf Markie ein, »ist das nicht einfach, wenn die anderen Leute einen für ein Kind halten.«

»Der wichtigste Hinweis war Gliep. Ich glaubte erst, er wollte mich vor Bunny schützen, doch in Wirklichkeit war er hinter Markie her. Ich behaupte doch immer, daß er viel klüger ist, als du glaubst.«

»Erinnere mich daran, mich bei deinem Drachen zu entschuldigen«, sagte Aahz und musterte dabei noch immer Markie.

»Es war ein guter Plan«, seufzte sie. »In neunundneunzig Prozent aller Fälle hätte er auch funktioniert. Das Problem war nur, daß alle dich, Skeeve, unterschätzten ... dich und deine Freunde. Ich hätte nicht gedacht, daß du genügend Geld haben würdest, um die zornigen Händler zu bezahlen, nachdem ich die Nummer mit ihren Auslagen abgezogen hatte, und deine Freunde ...«

Langsam schüttelte sie den Kopf.

»Meistens erleichtert es mir die Arbeit, wenn es sich herumspricht, daß ich in einem Auftrag unterwegs bin. Dann steigen die Partner der Zielperson meistens aus, um nicht selbst im Kreuzfeuer etwas abzubekommen, und wenn das Opfer dann versucht, sie dazu zu bringen, zu bleiben oder zurückzukommen, verschlimmert das die Sache nur noch. Eine Karriere zu ruinieren beruht zum Teil auch darauf, daß man den anderen seiner Unterstützung beraubt.«

Sie hob den Wein in gespieltem Zuprosten in meine Richtung.

»Deine Freunde wollten nicht davonlaufen ... und wenn sie es taten, wollten sie nicht fortbleiben, nachdem sie erst einmal erfuhren, daß du in Schwierigkeiten stecktest. Da begann ich, Zweifel an meinem Auftrag zu bekommen. Ich meine, es gibt auch Karrieren, die nicht vernichtet werden sollten, und ich glaube, daß deine dazugehört. Das kannst du ruhig als Kompliment verstehen ... so ist es nämlich auch gemeint. Deshalb wollte ich sowieso aussteigen. Ich mußte erkennen, daß mein Herz diesmal nicht bei der Sache war.«

Sie setzte den Wein ab und stand auf.

»Nun, ich schätze, das war es wohl. Dann gehe ich jetzt nach oben und packe meine Sachen. Ich schlage euch ein Geschäft vor. Wenn ihr alle versprecht, niemandem zu verraten, wer die berühmte Axt ist, dann erzähle ich überall herum, daß du so unbesiegbar bist, daß dir nicht einmal die Axt etwas anhaben konnte. In Ordnung?«

Als ich zusah, wie sie den Raum verließ, merkte ich zu meiner Überraschung, daß sie mir fehlen würde. Egal was Aahz gesagt hatte, es war doch irgendwie schön gewesen, ein Kind hier zu haben.

»Soll das alles sein?« fragte mein Partner mit gerunzelter Stirn. »Läßt du sie einfach davonspazieren?«

»Ich war die Zielperson. Ich schätze, da obliegt auch mir die Entscheidung. Außerdem hat sie keinen ernsten Schaden angerichtet. Wie Chumly vor ungefähr einer Sekunde bereits bemerkte, stehen wir jetzt sehr viel besser da als zu Anfang.«

»Natürlich ist da noch die Sache mit den Schäden, für die wir aufkommen mußten, als sie im Bazar ihre kleine Magikshow abzog.«

Ausnahmsweise war ich meinem Partner in Gelddingen diesmal um eine Nasenlänge voraus.

»Das habe ich nicht vergessen, Aahz. Ich glaube nur, daß wir den Verlust aus einer anderen Quelle decken können. Weißt du, was nämlich der letzte Hinweis für mich war? Daß ... warte, da sind sie schon.«

Nunzio kam gerade ins Zimmer, den Giek mit sich zerrend.

»Hallo, Skeeve«, sagte der Täufler und wand sich im Griff meines Leibwächters. »Dein ... äh, Kollege hier meint, daß du mich sprechen willst?«

»Er hat versucht, sich davonzuschleichen, nachdem ich es ihm sagte, Boß«, quiekte Nunzio. »Deshalb habe ich so lange gebraucht.«

»Hallo, Giek«, schnurrte ich. »Setz dich doch. Ich möchte mich ein wenig mit dir über ein Kartenspiel unterhalten.«

»Komm schon, Skeeve, ich habe dir doch schon gesagt ...«

»Setz dich!«

Der Giek plumpste auf den angewiesenen Stuhl, als wäre die Gravitation gerade verdreifacht worden. Die Stimme hatte ich mir von Nunzios Drachenbezwingervorführung ausgeliehen. Sie funktionierte.

»Was der Giek gerade sagen wollte«, erklärte ich, an Aahz gewandt, »ist, daß er mich vor dem Spiel heute abend ermahnte, ich sei unterlegen, und er bat mich auch, es ihm nicht nachzutragen ... daß das Spiel mit dem Kind nicht seine Idee gewesen sei.«

»Das stimmt auch«, warf der Täufler ein. »Es hat sich einfach rumgesprochen und ...«

»Was mich jedoch neugierig macht, das ist, woher er wissen konnte, daß ich unterlegen war.«

Ich lächelte den Giek an und versuchte dabei, alle meine Zähne zur Schau zu stellen, genau wie Aahz das zu tun pflegt. »Weißt du, ich möchte mit dir gar nicht über das Spiel heute abend reden. Ich hatte eigentlich darauf gehofft, daß du uns ein bißchen mehr Informationen über das *andere* Spiel geben könntest ... du weißt schon, als ich Markie gewann?«

Der Täufler musterte nervös die finsteren Mienen.

»Ich ... ich weiß nicht, was du meinst.«

»Dann will ich es dir leichter machen. Im Augenblick meine ich, daß das Spiel getürkt war. Anders hättest du nicht im voraus wissen können, was für ein miserabler Drachenpokerspieler ich bin. Irgendwie hast du mir die Karten so gegeben, daß ich hoch gewann, hoch genug, um Markie miteinzuschließen. Ich bin nur neugierig, wie du es tun konntest, ohne die Magik- oder Telepathieschirme auszulösen.«

Der Giek schien auf seinem Stuhl ein Stück zusammenzuschrumpfen. Als er sprach, war seine Stimme so leise, daß wir ihn kaum verstehen konnten.

»Gezinkte Karten«, sagte er.

Der Raum explodierte.

»GEZINKTE KARTEN??«

»Aber wie ...«

»Ist das nicht ...«

Mit einem Wink gebot ich Schweigen.

»Das leuchtet ein. Denkt doch einmal darüber nach«, wies ich sie an. »Denkt besonders einmal an unsere Reise nach Limbo. Erinnert ihr euch daran, wie schwierig es war, uns zu verkleiden, ohne Magik zu verwenden? Im Bazar gewöhnen sich die Leute so sehr daran, alles nur auf magische Weise zu erledigen, daß sie vergessen, daß es auch nichtmagische Möglichkeiten gibt, um das gleiche zu bewirken ... beispielsweise falsche Bärte oder gezinkte Karten.«

Der Giek war wieder aufgesprungen.

»Das kannst du mir nicht vorwerfen! Schön, hat mich also jemand dafür bezahlt, um dafür zu sorgen, daß das Spiel zu deinen Gunsten verläuft. Mann, ich hätte eigentlich gedacht, daß du glücklich darüber wärst. Du hast doch gewonnen, nicht wahr? Worüber regst du dich dann auf?«

»Ich wette, wenn ich mir richtig Mühe gäbe, würde mir schon etwas einfallen.«

»Hör mal, wenn du Genugtuung willst, die hast schon. Ich habe heute nacht einen ganzen Batzen verloren, den ich gegen dich gesetzt hatte. Blut willst du haben? Ich blute schon!«

Nun schwitzte der Täufler sichtlich. Andererseits war er in meiner Gegenwart aus irgendeinem unerfindlichen Grund schon immer ein bißchen nervös gewesen.

»Ganz ruhig, Giek. Ich werde dir nicht weh tun. Im Gegenteil, ich werde dir helfen ... so wie du mir geholfen hast.«

»Ach ja?« fragte er mißtrauisch.

»Du sagst, du bist knapp bei Kasse, schön, dann kümmern wir uns eben darum.«

»Was!!??« brüllte Aahz, doch Tanda knuffte ihn in die Rippen und er ergab sich einem mißmutigen Schweigen.

»Bunny?«

»Ja, Skeeve?«

»Ich möchte, daß du morgen früh gleich als erstes rüber zum Gleiche Chancen gehst. Geh die Bücher durch, mach Inventur und setze einen fairen Preis für das Etablissement fest.«

Der Giek zuckte zusammen.

»Meinen Club? Aber ich ...«

»... und dann stellst du einen Vertrag auf, mit dem wir ihn vom Giek übernehmen ... zum halben errechneten Preis.«

»WAS!!??« kreischte der Täufler, seine Furcht vergessend. »Warum sollte ich meinen Club verkaufen, noch dazu für ...«

»Mehr, als er wert sein wird, wenn es sich herumspricht, daß du manipulierte Spiele abhältst?« beendete ich den Satz für ihn. »Weil du ein kluger Geschäftsmann bist, Giek. Außerdem brauchst du das Geld. Stimmt's?«

Der Giek schluckte schwer, dann fuhr er sich mit der Zunge über die Lippen, bevor er antwortete. »Stimmt.«

»Wie war das, Giek?« Aahz hatte die Stirn in Falten gelegt. »Ich glaube, ich habe dich nicht ganz verstanden.«

»Ich aber«, sagte ich bestimmt. »Nun, wir wollen dich nicht weiter aufhalten, Giek. Ich weiß, daß du jetzt gern in deinen Club zurückkehren möchtest, um dort ein bißchen sauberzumachen, sonst sinkt unser Schätzwert.«

Der Täufler wollte wütend etwas erwidern, doch dann besann er sich eines Besseren und schlich sich in die Nacht hinaus.

»Glaubst du, daß wir damit die Schadenskosten wieder hereinbekommen, Partner?« fragte ich unschuldig.

»Skeeve, manchmal versetzt du mich in Erstaunen«, sagte Aahz und hob salutierend den Wein. »Wenn jetzt keine weiteren Überraschungen mehr kommen sollten, bin ich für unsere Feier bereit.«

Es war zwar sehr verlockend, doch war ich andererseits schon in Fahrt und wollte den Augenblick nicht entschwinden lassen.

»Da ist doch noch *eine* Sache«, verkündete ich. »Nun, da wir uns um die Axt und das Kind gekümmert haben, sollten wir uns dem Hauptproblem widmen, das sich nun stellt, und zwar solange jeder noch hier ist.«

»Hauptproblem?« mein Partner schnitt eine fragende Grimasse. »Was denn?«

Tief durchatmend, packte ich es an.

›Was gibt's Neues?‹

Das Orakel von Delphi

20

Die ganze Mannschaft starrte mich an, während ich meinen Weinkelch hin und her schwang und nicht wußte, wo ich beginnen sollte.

»Wenn ich während dieser jüngsten Krise ein wenig zerstreut gewirkt haben mag«, sagte ich schließlich, »so liegt das daran, daß ich mit einem anderen Problem gekämpft habe, das mir aufgefallen ist ... mit einem großen Problem. Es ist tatsächlich meiner Meinung nach so groß, daß alles andere dagegen unwichtig war.«

»Wovon redest du nur, Partner?« wollte Aahz wissen. »Das ist mir völlig entgangen.«

»Du hast es gerade selbst gesagt, Aahz. Das magische Wort ist ›Partner‹. Für dich und mich sind die Dinge recht gut gelaufen, aber wir sind nicht die einzigen in diesem Haushalt. Als wir uns mit Chumly unterhielten, und er sagte, daß er im Leben auch nicht nur auf Rosen gebettet sei, brauchte ich eine Weile, um zu merken, was er damit eigentlich meinte, doch schließlich begriff ich es.«

Ich sah den Troll an.

»Dein Geschäft ist ziemlich am Boden, nicht wahr, Chumly?«

»Na ja, ich beklage mich nicht gerne ...«

»Ich weiß, aber vielleicht solltest du es ab und zu doch einmal tun. Ich habe noch nie vorher darüber nachgedacht, aber seit du bei uns eingezogen bist, hast du immer weniger Aufträge bekommen, nicht wahr?«

»Stimmt das, Chumly?« fragte Aahz. »Das ist mir nie aufgefallen ...«

»Das ist niemandem aufgefallen, weil immer nur wir im Mittelpunkt der Aufmerksamkeit standen, Aahz. Die Mannschaft von Aahz und Skeeve war wichtiger als alles andere und als jeder andere. Wir waren so sehr damit beschäftigt, unserem großen Image gerecht zu werden, daß uns völlig entgangen ist, was dies unseren Kollegen angetan hat, jenen, die zu einem großen Teil verantwortlich für unseren Erfolg sind.«

»Ach, komm schon, Skeeve, alter Knabe«, lachte Chumly verlegen. »Ich glaube, da übertreibst du ein bißchen.«

»Tue ich das? Dein Geschäft ist tot und Tandas auch. Ich sage das zwar sehr ungern, aber sie hatte recht, als sie ging, mit unserer gegenwärtigen Konstellation ersticken wir sie. Guido und Nunzio schuften sich zu Tode, um Superleibwächter zu sein, nur weil sie Angst haben, daß wir zu dem Entschluß gelangen könnten, sie gar nicht wirklich zu brauchen und sie statt dessen wieder zurückzuschicken. Selbst Massha hält sich für ein unnützes Mitglied der Mannschaft. Bunny ist unser neuester Zugang, und die hat versucht, mir klarzumachen, daß sie uns bestenfalls als Dekoration nützen könnte!«

»Nach dem heutigen Abend fühle ich mich schon besser, Skeeve«, berichtigte mich Bunny. »Nach der Verhandlung mit dem Kind und nachdem ich jetzt den Auftrag habe, das Gleiche Chancen preislich zu fixieren, glaube ich, daß ich doch noch etwas mehr für euch tun kann, als nur schwer durchzuatmen.«

»Genau!« Ich nickte. »Das gibt mir auch den Mut,

euch den Plan zu unterbreiten, den ich ausgeheckt habe.«

»Plan? Welcher Plan?«

»Darüber wollte ich ja mit dir sprechen, Aahz. Genaugenommen wollte ich mit euch allen darüber sprechen. Was wir hier in diesem Haushalt haben, das ist gar keine wirkliche Partnerschaft ... das ist eine Firma. Jeder in diesem Raum trägt zum Erfolg unserer Gruppe als Ganzes bei, und ich glaube, es wird langsam Zeit, daß wir unsere Organisation umstrukturieren, um dem gerecht zu werden. Was wir wirklich brauchen, ist ein System, bei dem alle von uns ein Mitspracherecht haben. Dann können die Klienten uns als Gruppe aufsuchen, wir legen die Preise fest und verteilen Aufträge oder beschäftigen Subunternehmer, um die Gewinne dann als Gruppe miteinander zu teilen. Das ist mein Vorschlag, was immer er wert sein mag. Was haltet ihr davon?«

Das Schweigen dehnte sich so lange aus, bis ich mich schon fragte, ob sie sich gerade überlegten, wie sie mir auf möglichst taktvolle Weise beibringen sollten, daß ich in die Gummizelle gehörte.

»Ich weiß nicht, Skeeve«, sagte Aahz schließlich.

»Was weißt du nicht?« ermunterte ich ihn.

»Ich weiß nicht, ob wir uns Magik AG nennen sollten oder lieber Chaos GmbH.«

»Magik AG ist bereits vergeben«, wandte Tanda ein. »Und außerdem meine ich, daß der Firmenname ein wenig würdevoller und förmlicher sein sollte.«

»Wenn wir das machen, dann werden die Klienten aber mächtig überrascht sein, wenn sie uns zu sehen bekommen, falls du verstehst, was ich meine«, warf Guido ein. »Ist ja nicht so, als wären wir sonderlich würdevoll und förmlich.«

Ich lehnte mich in meinem Sessel zurück und

atmete tief durch. Wenn das ihre einzige Sorge sein sollte, so schien meine Idee wohl durchaus erwägenswert zu sein.

Massha fing meinen Blick auf und blinzelte mir zu.

Ich antwortete, indem ich ihr zuprostete, wobei ich mich rechtschaffen selbstzufrieden fühlte.

»Nimmt diese Firma auch Neubewerber auf?«

Wir drehten uns alle um und erblickten Markie im Türrahmen, ihren Koffer in der Hand.

»Ich glaube, meine Qualifikationen brauche ich euch nicht erst noch aufzulisten«, fuhr sie fort, »aber ich bewundere diese Gruppe, und ich wäre stolz, dazugehören zu dürfen.«

Die Mannschaft tauschte Blicke aus.

»Nun, Markie ...«

»Mir ist immer noch schleierhaft ...«

»Dir stinkt doch nur diese Elementalsache ...«

»Was meinst du, Skeeve?« fragte Aahz. »Du bist doch immer so groß darin, frühere Feinde zu rekrutieren.«

»Nein«, sagte ich entschieden.

Inzwischen blickten mich alle wieder an.

»Es tut mir leid, mich so autoritär zu gebärden, nachdem ich gerade erst verlangt habe, daß jeder ein Mitspracherecht haben sollte«, fuhr ich fort, »aber wenn Markie einsteigt, steige ich aus.«

»Was ist das Problem, Skeeve?« fragte Markie stirnrunzelnd. »Ich dachte, wir kämen noch immer ganz gut miteinander aus.«

»Das tun wir auch«, nickte ich. »Ich bin nicht sauer auf dich. Ich werde nicht gegen dich ankämpfen oder dir eins überbraten oder dir etwas nachtragen. Du hast schließlich nur deinen Job getan.«

Ich hob den Kopf, und unsere Blicke trafen sich.

»Ich komme nur nicht damit klar, wie du arbeitest.

Du sagst, daß du unsere Gruppe bewunderst – nun, was uns zusammenhält, das ist das Vertrauen. So, wie du arbeitest, bringst du Leute dazu, dir zu vertrauen, um dieses Vertrauen dann zu verraten. Selbst wenn du unserer Gruppe gegenüber loyal bliebest, glaube ich nicht, daß ich Geschäftsbeziehungen mit jemandem unterhalten möchte, der der Meinung ist, er müsse auf solche Weise Profite erwirtschaften.«

Damit verstummte ich, und niemand brachte einen Einwand vor.

Markie nahm ihren Koffer wieder auf und schritt zur Tür zurück. Im letzten Augenblick drehte sie sich jedoch noch einmal zu mir um, und ich konnte Tränen in ihren Augen erkennen.

»Gegen das, was du gesagt hast, kann ich nichts einwenden, Skeeve«, sagte sie, »aber es wäre mir immer noch lieber, du hättest mir eins übergebraten und mir danach gestattet, mich euch anzuschließen.«

Es herrschte völliges Schweigen, als sie uns verließ.

»Die junge Dame hat ein durchaus ernstzunehmendes Problem zur Sprache gebracht«, meinte Chumly schließlich. »Wie halten wir es mit neuen Mitgliedern?«

»Wenn wir neue aufnehmen sollten, würde ich gerne Vic vorschlagen«, meldete sich Massha.

»Zuerst einmal müssen wir uns darüber einig sein, ob wir überhaupt noch weitere Mitarbeiter brauchen«, berichtigte sie Tanda.

»Das wirft wiederum die ganze Frage nach selbständigen bzw. Exklusivkontrakten auf«, sagte Nunzio. »Ich glaube nicht, daß es realistisch ist, wenn alle den gleichen Anteil bekommen.«

»Ich habe gerade einen Plan entwickelt, der sich genau mit diesem Punkt befaßt, Nunzio«, rief Bunny und wedelte mit der Serviette, auf der sie herumgekritzelt hatte. »Wenn ihr euch noch ein paar Minuten gedulden könnt, hätte ich einen offiziellen Vorschlag zu machen.«

So sehr mich das Geschehen auch interessierte, fiel es mir doch schwer, mich auf unsere Unterredung zu konzentrieren. Aus irgendeinem Grund erschien vor meinem geistigen Auge immer wieder Markies Gesicht.

Gewiß, was ich gesagt hatte, war hart gewesen, aber auch notwendig. Wenn man ein Unternehmen oder eine Mannschaft führen will, muß man einen Standard festsetzen und sich auch daran halten. Da ist kein Platz für Sentimentalitäten. Ich hatte doch das Richtige getan, nicht wahr? Nicht wahr?

ENDE

Band 20 109
Robert Asprin
Dämonen-Futter
Deutsche
Erstveröffentlichung

Ein Zauberlehrling in Nöten. Skeeves Meister ereilt der tödliche Pfeil eines Konkurrenten, als er gerade einen Dämon beschwört. Jetzt hat Skeeve keinen Meister mehr, und im Pentagramm reckt sich drohend der Dämon Aahz. Skeeve sieht nur eine Chance: Der Dämon muß sein neuer Lehrmeister werden.

Und damit beginnt eine der wildesten, unglaublichsten, verrücktesten – und witzigsten – Reisen durch alle Dimensionen der Fantasy.

Sie erhalten diesen Band im Buchhandel, bei Ihrem Zeitschriftenhändler sowie im Bahnhofsbuchhandel.

Band 20 107
Robert Asprin und
Lynn Abbey (Hg.)

Der Krieg der Diebe
Deutsche
Erstveröffentlichung

Invasion in der Diebeswelt.
Es beginnt damit, daß eine fremde Flotte im Hafen gesichtet wird. Dann dröhnen die Marschtritte fremder Soldaten durch die Gassen von Freistatt. Und die Stadt der Diebe befindet sich in der Gewalt einer fremden Macht, ohne daß ein einziges Schwert gezückt wird. Doch allmählich formt sich der Widerstand in den finsteren Winkeln der Stadt. Und die Diebe von Freistatt finden einen Verbündeten, mit dem sie nie gerechnet hatten – die Obrigkeit.

Sie erhalten diesen Band im Buchhandel, bei Ihrem Zeitschriftenhändler sowie im Bahnhofsbuchhandel.

Band 20 106
Piers Anthony

Turm-Fräulein
Deutsche
Erstveröffentlichung

Grundy Golem ist ein Wicht, und niemand hat Respekt vor ihm – nicht einmal er selbst. Was bleibt ihm übrig, als sich mit einer Heldentat Ansehen zu verschaffen. Also macht er sich auf die Suche nach Stanley Dampfer, dem seit Ewigkeiten verschollenen Drachen der kleinen Ivy. Nach einer Reise voller Abenteuer gelangt er zum Elfenbein-Turm, und eine außergewöhnliche Romanze beginnt: Grundy befreit Rapunzel, die Gefangene der Meer-Hexe, und verliebt sich in sie. Doch die böse Hexe sinnt auf Rache, und auch Stanley Dampfer hat Grundy noch nicht gefunden.

Sie erhalten diesen Band im Buchhandel, bei Ihrem Zeitschriftenhändler sowie im Bahnhofsbuchhandel.